中二階のある家

或る画家の話

1

六、七年前のこと、私はT県下の或《あ》る郡内の、ベロクーロフという若い地主の領地で暮していたが、この地主は非常な早起きで、いつも袖《そで》なし外套《がいとう》を着て歩きまわり、毎晩ビールを飲み、自分はどこのだれとも心を通《かよ》わせ合うことができないと、しょっちゅう私にこぼすのだった。この男は庭の離れに住み、私は古ぼけた母屋《おもや》の、円柱の並ぶ大きな広間に住んでいたが、この広間には私がベッド代りに使っていた幅の広い長椅子と、トランプ占いをするのに使っていたテーブルのほかには家具が一つもなかった。ここではいつも、静かな天候の日でさえ古いアモス式煖炉《だんろ》の中で何かが唸《うな》り、雷雨のときなど家全体が震動して今にもばらばらにこわれそうだったし、殊《こと》に夜遅く十もある大きな窓がいっせいに稲妻に照らし出されるときは少しばかり恐ろしかった。

無為の毎日を運命づけられていた私は、全然何もしなかった。何時間も窓ごしに空や小鳥や並木道を眺《なが》め、届いた郵便物を隅《すみ》から隅まで読み、あとは眠るだけだった。時には家を出て夕方遅くまで漫然と散歩をした。

ある日、帰りしなに私は見覚えのないだれかの屋敷にうっかり迷いこんでしまった。太陽はすでに沈みかけ、花咲くライ麦畑に夕方の影が長く伸びていた。ぎっしりと植えられた非常に背の高い二列の樅《もみ》の老木が、隙間《すきま》のない二枚の壁のように、ほの暗く美しい並木道をかたちづくっていた。私は難なく生垣《いけがき》を跨《また》ぎ越え、地面に四、五センチもつもっている樅の針葉に足を滑《すべ》らせながら、その並木道を歩き出した。あたりは静かで薄暗く、ただ高い梢《こずえ》のそこかしこで眩《まばゆ》い黄金色《きんいろ》の光が震え、蜘蛛《くも》の巣を虹色《にじいろ》に光らせていた。針葉がむせかえるほど強く匂《にお》っていた。まもなく私は菩提樹《ぼだいじゅ》の長い並木道へ曲った。そこも荒れるに任され、古びていた。去年の落葉が足もとで悲しげな音を立て、たそがれの木の間にはさまざまな影がひそんでいた。右手の古めかしい果樹園では高麗鶯《こうらいうぐいす》がいやいやながらのように弱々しい声で歌っていたが、これもきっと年老いた鳥なのだろう。だが、やがて菩提樹の並木道は終った。テラスと中二階のある白い家の前を通りすぎると、思いがけなくその家の中庭と大きな池の眺めが眼前に展《ひら》けた。池には水浴場の囲いがあり、緑の柳の木立ちがあり、向う岸は村になっていて細長い鐘楼がそそり立ち、その頂の十字架が沈む夕日を受けて赤く輝いていた。一瞬、私は幼い頃これと同じ光景を見たことがあるような気持になり、なんともいえぬ懐《なつ》かしさに恍惚《こうこつ》となった。

中庭から野原へ出るところに石づくりの白い門があり、ライオンの像を飾った古風で頑丈《がんじょう》なその門のかたわらに二人の娘が立っていた。少し年上のほうはほっそりした色白の非常な美人で、栗色《くりいろ》の髪を豊かに盛りあげ、小さな口は勝気そうで、顔の表情は厳《きび》しく、私には殆《ほとん》ど注意を払わなかった。もう一人はまだほんの小娘で——十七か、十八以上ではないだろう——やはりほっそりとして色白だったが、口と目は大きく、私がそばを通りすぎたとき、びっくりしたようにこちらを見つめ、英語で何か言って顔を赤らめた。この二人の愛らしい顔もまた、私には昔なじみのように思えたのである。楽しい夢でも見たような気分で私は家に帰った。

その後まもなく或《あ》る日の昼頃《ひるごろ》、私とベロクーロフが家の近くを散歩していると、突然、先日の娘たちの一人を乗せた発条《ばね》つき馬車が草をさわさわと搔《か》きわけながら庭へ入ってきた。それは年上のほうだった。火事の被災者のために寄付を頼みに来たのだという。私たちの顔を見ずに、娘はひどく真剣に、事細かに、シャーノヴォ村で何軒の家が焼けたか、何人の男女や子供たちが焼け出されたか、また自分も現在その委員の一人である被災者救援委員会は当面どういう手を打つつもりであるかを語った。そして私たちに署名させると、すぐに奉加帳をしまって別れの挨拶《あいさつ》を始めた。

「私たちのことをすっかりお忘れですのね、ピョートル・ペトローヴィチ」と、娘は片手を差出しながらベロクーロフに言った。「またお遊びにいらして下さいませね。ムッシュー……も（と娘は私の名前を言った）御自分の才能を尊敬している連中がどんな暮しをしているか、のぞいてみたいとお思いでしたら、ぜひいらして下さい。母も私も大いに歓迎いたしますわ」

私はお辞儀をした。

娘が帰ると、ピョートル・ペトローヴィチは話し始めた。その話によれば、この娘は良家の生れで名前はリジア・ヴォルチャニーノワといい、母と妹と三人で暮している領地は、池のむこう岸の村と同じくシェルコーフカと呼ばれていた。父親はその昔モスクワの高官であり、死んだときは三等官だった。相当な財産があるというのに、ヴォルチャニーノワ家は夏も冬もこの村にこもりきりで、リジアはシェルコーフカ村の郡立小学校の女教師をして月二十五ルーブリの俸給を貰《もら》っている。そして自分の小遣《こづかい》にはその金だけを使い、自分の収入で暮していることを誇りにしている。

「面白い一家だよ」と、ベロクーロフは言った。「いつか寄ってみよう。きみが行けばきっと喜ぶよ」

ある祭日の昼すぎに、私たちはヴォルチャニーノワ家のことを思い出して、シェルコーフカ村へと出掛けた。母親と二人の娘は家にいた。母親のエカチェリーナ・パーヴロヴナは昔は美人だったらしいが、今はまだそれほどの年でもないのにぶよぶよに肥《ふと》り、喘息《ぜんそく》を病み、暗い放心したような顔をして、しきりに絵の話で私をもてなそうとした。娘から私がシェルコーフカへ来るかもしれないと聞いて、モスクワの展覧会で見た私の二、三の風景画を大急ぎで思い出したのだろう、それらの絵で何を表現しようとしたのかと質問するのだった。リジア、あるいはこの家での呼び方に従えばリーダは、私とよりもむしろベロクーロフとばかり話した。娘はまじめくさって、笑顔《えがお》を見せずに、なぜ郡会に勤めないのか、なぜ今まで一度も郡会の集まりに出席しないのかと、ベロクーロフに尋ねるのだった。

「よくないことですわ、ピョートル・ペトローヴィチ」と娘は咎《とが》めるように言った。「よくないことですわ。恥ずかしいことです」

「ほんとうね、リーダ、ほんとうね」と母親が相槌《あいづち》を打った。「よくないことだわ」

「私たちの郡は完全にバラーギンに牛耳《ぎゅうじ》られているんです」と、リーダは私にむかって言葉を続けた。「バラーギンは自分が参事会の議長で、郡の要職はぜんぶ自分の甥《おい》や娘婿に割当ててしまって、したい放題のことをしているんです。戦う必要がありますわ。若い者は自分たちで強力なグループを作るべきですけど、この郡の若い人間たちときたら、ごらんの通りの有様でしょう。

恥ずかしいことですわ、ピョートル・ペトローヴィチ!」

妹のジェーニャは郡会の話のあいだ沈黙していた。この娘はまじめな話には口を出さなかったし、この家ではまだ大人《おとな》扱いされず、幼児のようにミシュスと呼ばれていたが、これは幼い頃《ころ》、自分の家庭教師を先生《ミス》と呼べずにミシュスと呼んでいたためだという。娘は終始おもしろそうに私を眺《なが》め、私がアルバムをのぞき始めると、指で写真を一々指《さ》しながら「これは叔父さま……これは名付け親」などと説明し、その間、子供のように肩をすりよせてくるので、まだ発育していない弱々しい胸や、ほっそりした肩や、お下げの髪や、ベルトで固く締めつけた痩《や》せぎすの体《からだ》などが間近かに眺められるのだった。

私たちはクロケットやローン・テニスをして遊び、庭を散歩し、お茶を飲み、それから夕食に長い時間をかけた。円柱のある、だだっぴろい、がらんとした広間に暮していた私には、この小ぢんまりした居心地《いごこち》のいい家はなんとなく勝手が違った。ここでは壁に着色版画もかかっていないし、召使にも「あなた」と言うし、リーダとミシュスがいるせいだろうか、何もかもが若々しく清潔で上品だった。夕食の席では、リーダが又もやベロクーロフを相手に、郡会や、バラーギンや、学校図書館の話をした。リーダは生き生きとした、誠実な、信念にあふれた娘で、その話を聞いているのは面白かったが、いくぶん饒舌《じょうぜつ》で声が大きいのは小学校で喋《しゃべ》りつけているせいだろう。それに比べて、わがピョートル・ペトローヴィチはどんな話でも議論にしてしまう学生時代の癖がまだ残っていて、退屈な生気のない長ったらしい喋り方で、おまけに自分を頭のよい進歩的な人間に見せようという意図があらわだった。そして大げさな身振りをしたはずみに袖口《そでぐち》でソースの壜《びん》をひっくりかえし、テーブルクロースにソースの大きな水溜《みずたま》りができたが、私以外はだれもそれに気付かぬように見えた。

家路についたときはもう暗く、あたりは静かだった。

「躾《しつけ》の良さとはソースをテーブルクロースにこぼさないということじゃなくて、だれかがそういうことをしても知らないふりをすることなんだな」と、ベロクーロフは言い溜息《ためいき》をついた。「そう、すばらしいインテリ一家だ。ああいう立派な人たちからみれば、ぼくは立ち遅れている、非常に立ち遅れている！　いつも仕事、仕事だろう！　仕事か！」

模範的な農場経営者になるにはどれほどたくさんの仕事をしなければならないかを、ベロクーロフは話した。だが私は内心、この鈍重な怠け者め！　と思っていた。この男は何かまじめな話をするときには緊張して「えー」と言葉を引っ張る癖があったが、仕事ぶりもその喋り方と同じくのろまで、いつも期限に遅れるのである。いつか私が郵便局へ出してくれるように頼んだ手紙を、この男は何週間もポケットに入れたまま持ち歩いていたことがあり、それ以来、私はこの男の事務能力を殆《ほと》ど信用していなかった。

「一番つらいのは」と、私と並んで歩きながらベロクーロフは呟《つぶや》いた。「一番つらいのは、いくら働いても、だれとも心を通わせ合えないことなんだ。ぜんぜん心が通わない！」

2

私はヴォルチャニーノワ家をしばしば訪れるようになった。行くとたいていはテラスの下の段段に腰を下ろしていた。自分自身にたいする不満にさいなまれる私は、こんなにも急速かつ灰色に流れていく自分の生活が哀れでならず、最近とみに重苦しく感じられる心臓を胸から引きぬいてしまえたらどんなにさっぱりするだろう、などということばかり考えていた。その間テラスでは話し声や衣擦《きぬず》れの音や本のページをめくる音が聞えるのだった。リーダが昼間は病人を診察し、パンフレットを配り、あるいはしばしば帽子をかぶらずに日傘だけさして村へ出掛け、夜になると大声で郡会や学校の話をすることにも、私はまもなく馴《な》れた。このほっそりした、美しい、つねに厳しい娘は、上品な小さな唇《くちびる》のもちぬしだったが、実務的な話が始まると、いつも私にむかって素気《そっけ》なく言うのだった。

「こんな話はあなたには面白くありませんわね」

私はこの娘に好感を持たれていなかったのである。この娘が私を好かないのは、私が風景画家であって民衆の苦しみを表現するような絵を描かないこと、娘自身が固く信じていることにたいして私が一見無関心であることのためなのだった。思い出すが以前バイカル湖のほとりを旅行していて、青い木綿のシャツとズボンという服装で馬に乗ったブリヤート人の若い娘に出逢《であ》ったことがあった。その娘の持っていたパイプを売ってくれないかと私は頼んだのだが、話している間、娘は私のヨーロッパ的な顔や帽子を軽蔑《けいべつ》しきった目でじろじろ眺め、一分も経《た》たぬうちに私と話していることにうんざりしたらしく、喊声《かんせい》をあげて走り去ってしまった。リーダもその娘と全く同じように、私という異分子を軽蔑していたわけである。もちろんリーダは私にたいする嫌悪《けんお》感を決して表面には出さなかったが、私はそれを感じとっていたから、テラスの下の段々に腰かけていても、なんとなく苛立《いらだ》たしく、医者でもないのに百姓の治療をするのはぺてんじゃないかとか、二千町歩の土地を持っていれば慈善家になるのもたやすいことだとか嫌味《いやみ》を言うのだった。

一方、妹のミシュスは何の気苦労もなく、私と同じように全く無為の生活を送っていた。朝起きると、この娘はすぐに一冊の本を手に取ってテラスへ行き、小さな足が地面に届かぬほど深い肘掛椅子《ひじかけいす》に坐《すわ》って読み始める。あるいは本を持って菩提樹《ぼだいじゅ》の並木道に姿を消したり、門から野原へ出て行ったりするのだった。そして一日中むさぼるように読みつづけるのだが、時折ひどく疲れたようなぼんやりした目つきをし、顔が異様に蒼《あお》ざめることから、この読書が娘の頭脳を困憊《こんぱい》させていることが分るのだった。私が訪《たず》ねて行くと、娘はこちらの姿を見て少し顔を赤らめ、本を置いて、大きな目で私を見つめながら生き生きとした口調でいろんな事件を話してくれた。例《たと》えば召使部屋で煤《すす》が燃え出したとか、使用人が池で大きな魚を捕えたとかいうたぐいの話である。平日には娘はふつう明るい色のブラウスに濃紺のスカートという服装だった。私たちは二人で散歩し、ジャムにする桜桃《さくらんぼ》をもいだり、ボートを漕《こ》いだりしたが、桜桃をもごうとして跳《と》び上がるとき、あるいはオールを操るとき、娘の幅の広い袖を通して細い弱々しい腕が見えるのだった。また時には私はスケッチをし、娘はそばに立って感嘆の目で見守ったりした。

七月末のある日曜日、私はヴォルチャニーノワ家に朝の九時ごろ着いた。家からなるべく遠ざかるようにして私は庭園を歩きまわり、その夏は非常に多かった白い茸《きのこ》を探《さが》して、あとでジェーニャと一緒に採りに来るときのために目印をつけてまわった。暖かい風が吹いていた。ジェーニャと母親が二人とも明るい色の晴着を着て、教会から家へ帰って来るのが見えた。ジェーニャは風に飛ばされまいとして帽子をおさえていた。やがて、テラスでお茶を飲んでいる気配がした。

私のように何の気苦労もなく、毎日の無為の生活の口実を探している人間にしてみれば、この荘園《しょうえん》での夏の休日の朝はいつもこの上なく魅力的だった。まだ露に濡《ぬ》れている緑の庭が日の光を受けて一面にきらめき仕合せそうに見えるとき、あるいは家のまわりに木犀《もくせい》や夾竹桃《きょうちくとう》の香《かお》りが漂い、今しがた教会から戻った若者たちが庭でお茶を飲んでいるとき、あるいはまた誰もが美しく着飾って楽しげで、それらの健康な満ち足りた美しい人たちが長い一日を何もせずに過すのだと分っているとき、世の中全体がこうであればよいと願わずにはいられなくなるものである。今の私も同じことを考えながら庭を歩きまわり、こんなふうに仕事も目的もなく一日中、一夏中でも歩きまわりたい気持だった。

ジェーニャが籠《かご》を下げてやって来た。私と庭で出っくわすことは知っていたか予感していたような表情である。私たちは茸を採りながらお喋《しゃべ》りをした。ジェーニャは何か尋ねるとき、前へまわって私の顔をのぞきこむのだった。

「きのう私たちの村で奇蹟《きせき》が起ったのよ」と娘は言った。「びっこのペラゲーヤはもう一年もわずらって、どんなお医者さまや薬でも直らなかったのに、きのう、あるお婆さんがちょっとお呪《まじな》いをとなえたら、けろっと直ってしまったの」

「それは大した問題じゃない」と私は言った。「奇蹟というものを病人やお婆さんのまわりにばかり探しちゃいけないんです。健康だって奇蹟じゃないだろうか。人生そのものもね。理解できないことがすなわち奇蹟です」

「理解できないことは、こわくない？」

「ええ。理解できない現象にぼくは大胆に近づいて、決してそれに屈服したりしない。そういう現象よりもぼくのほうが上なんです。人間は自分がライオンや虎や星よりも上であり、自然界のあらゆるものよりも上であり、理解できないもの、奇蹟のように見えるものよりも上にいるのだとさえ思わなくちゃいけない。でないと、人間じゃなくて、なんでもこわがる鼠《ねずみ》と同じことですからね」

ジェーニャは、私が芸術家として非常に多くのことを知っており、知らないことでも正確に推測できると思いこんでいた。そして永遠とか美とかいう領域へ、つまり私なら勝手知ったそのような高尚な世界へ導いてもらいたいとみえて、私と逢《あ》うとしきりに神や、永遠の生命や、奇蹟の話をするのだった。私としても、自分や自分の想像力が死とともに永遠に滅びてしまうとは考えたくなかったので、「そうです、人間は不滅です」とか「そうです、ぼくらを待っているのは永遠の生命です」とか答えるのだった。ジェーニャは耳を傾け、素直に信じ、証拠を求めたりはしなかった。

家の方へ戻りかけたとき、娘は急に立ちどまって言った。

「リーダ姉さんはすばらしい人よ。そうじゃないかしら？　私は姉が大好きで、姉のためならいつでも命を捧《ささ》げられます。でも、どうして」と、ジェーニャは私の袖に指を触れた。「どうしてあなたは姉といつも議論なさるの。どうしていつも怒ってらっしゃるの」

「それはお姉さんが間違っているからです」

ジェーニャは否定するように首を振り、その目に涙があふれた。

「分らないことばかりだわ！」と娘は呟《つぶや》いた。

折しもリーダはどこか外出先から帰って来たばかりで、鞭《むち》を手にして表階段に立ち、均整のとれた美しい体《からだ》に日の光を浴びながら使用人に何やら指図《さしず》していた。そして忙しそうに大声で話しながら二、三人の病人を診察し、それが終ると用事ありげな気懸《きが》かりそうな顔をして暫《しばら》く部屋から部屋へと歩きまわり、あちらこちらの戸棚《とだな》をあけたりしていたが、やがて中二階へ上って行った。昼食の時になって、みんなは永いことリーダを呼んだり探したりしたが、本人が現われたのは私たちがもうスープを食べ終えた頃だった。こうした細かい事柄をなぜか私は一々記憶し懐《なつ》かしんでいる。特に変ったことは何一つ起らなかったのに、その日のことは今でもくっきりと覚えているのである。昼食がすむと、ジェーニャは深い肘掛椅子《ひじかけいす》に横たわって本を読み、私はテラスの下の段々に腰を下ろした。私たちは沈黙していた。空は一面、雲に覆《おお》われ、小雨がぱらつき始めた。風はとうに止《や》んで蒸し暑く、この一日は果てしなく続くように思われた。眠そうな顔をしたエカチェリーナ・パーヴロヴナが、扇を手にして私たちのいるテラスへ出て来た。

「まあ、ママ」と、ジェーニャは母親の手にキスしながら言った。「お昼寝は体に毒よ」

この母娘《おやこ》は熱烈に愛し合っていた。どちらか一人が庭に出ると、もう一人はすぐテラスに立って、木立ちを眺《なが》めながら「ジェーニャ！」とか「ママ、どこにいるの」とか叫ぶのだった。二人はいつも一緒にお祈りをし、同じように神を信じ、黙っているときでもお互いによく理解し合っていた。そして人に接する態度も同じだった。エカチェリーナ・パーヴロヴナもすぐ私に馴れて親密になり、私が二、三日顔を出さないと、使いをよこして安否を尋ねるのだった。私のスケッチを眺めるときの感心の仕方も娘と同じで、ミシュスと同じように饒舌《じょうぜつ》にあけっぴろげにいろいろな出来事を語り、しばしば家庭の秘密を打明けた。

そしてこの母親は自分の長女を深く尊敬していた。リーダは決して母親に甘えず、いつもまじめな話しかしなかったのである。この姉娘は一人だけ特別の生活をしていて、母親や妹にとっては神聖な、いくらか謎《なぞ》めいた存在だった。ちょうどいつも自分の船室に閉じこもっている海軍提督が水兵たちにとってそうであるように。

「うちのリーダはすばらしい人ですよ」と、母親はよく言った。「そう思いません？」

今も、小雨がぱらついている間、私たちはリーダの話をした。

「あの子はすばらしい娘ですよ」と母親は言い、おびえたようにあたりを見ながら、まるで秘密の相談のように声を低めて言い足した。「ああいう子は鉦《かね》と太鼓で探しても見つかるもんじゃないけど、実は私、少し心配になっています。学校も救急箱もパンフレットも結構だけど、物ごとには程度というものがあるでしょう。あの子だってもう二十四ですから、そろそろ自分のことをまじめに考えなくちゃ。パンフレットや救急箱に夢中だと、年を取ることを忘れてしまいかねない……やはりお嫁に行かないとね」

読書に髪も乱れ蒼《あお》ざめた顔のジェーニャが、ふと頭を上げ、母親を見つめて独《ひと》り言《ごと》のように言った。

「ママ、すべては神様の御心《みこころ》よ！」

そしてまた読書に耽《ふけ》った。

ベロクーロフが袖《そで》なし外套に刺繍《ししゅう》入りのシャツといういでたちでやって来た。私たちはクロケットとローン・テニスをやり、そのあと、暗くなってから永い時間をかけて夕食をとった。リーダはまた学校や、郡全体を牛耳っているというバラーギンの話をした。この夜ヴォルチャニーノワ家をあとにするとき、私は長い長い無為の一日という印象を心に抱《いだ》き、そしてまた、どんなに長かろうとこの世のすべてはいずれ終るのだということを悲しくも意識していた。ジェーニャが私たちを門まで送ってくれたが、この娘と朝から晩まで一緒に過したためだろうか、いざ別れてしまうとなんとなく淋《さび》しいようで、この愛すべき一家が自分に身近かな存在になっていることを私は感じたのだった。そしてこの夏初めて、作品を描《か》きたいと思った。

「ねえ、一つ訊《き》くけれども、なぜきみはそんなに退屈な、精彩に乏しい生活をしているんだろう」と、帰る途中で私はベロクーロフに尋ねた。「ぼくの生活だって退屈で重苦しくて単調だけれども、それはぼくが絵描きだからね。ぼくは変り者で、若い時分から嫉妬《しっと》や自己不満や、自分の仕事にたいする不信に悩まされて、いつも貧乏で、浮浪人みたいなものだけれども、きみは違う、きみは健康で正常な人だし、地主で貴族じゃないですか、そのきみがどうしてこんなに面白味のない生活をしているんだろう、どうして人生からもっと喜びを引出そうとしないんだろう。例えばだよ、どうして今までリーダなりジェーニャなりに惚《ほ》れなかった？」

「ぼくがほかの女を愛しているのを、きみは忘れているんだ」と、ベロクーロフは答えた。

それは離れで同棲《どうせい》している女友達のリュボーフィ・イワーノヴナのことだった。上等の餌《えさ》で育てた鵞鳥《がちよう》のようにむっちりと肥えて勿体《もつたい》ぶったその婦人が、ビーズをあしらったロシア服を着て、いつも日傘をさして庭を散歩する姿や、女中がしじゅう食事だ、お茶だとこの婦人を呼んでいるさまを、私は毎日のように見ていた。三年ばかり前に離れの一棟を別荘に借り受けて以来、この婦人はそのままベロクーロフの所にどうやら永久に居坐るつもりらしかった。十ばかり年上のこの婦人に手綱をしっかり抑《おさ》えられていたから、ベロクーロフは外出するにも一々許可を得なければならなかった。ときどきこの婦人は男のような声で泣きわめき、そんなとき私はすぐ使いをやって、泣きやまなければ私がこの家から出て行くと言わせることにしていた。そう言うと、泣きやむのだった。

家に帰り着くと、ベロクーロフはソファに腰を下ろし深刻な顔で考えこんだが、私はまるで恋する男のように静かな興奮を味わいながら広間を行ったり来たりし始めた。ヴォルチャニーノワ家のことを話したくてたまらなかった。

「リーダが好きになれるのは、自分と同じくらい病院や学校に熱中している郡会議員だけだろうね」と私は言った。「ああ、ああいう娘のためなら郡会議員になるだけじゃない、お伽話《とぎばなし》に出てくるみたいに鉄の靴を履《は》きつぶしても構わないと思うな。ところで、ミシュスは？　凄《すご》い魅力じゃないか、あのミシュスは！」

ベロクーロフは言葉を「えー」と引っ張りながら長々とこの時代の病気――つまりペシミズムの話を始めた。それはまるで私と論争でもしているような、確信ありげな喋《しゃべ》り方だった。何百里もつづく荒涼たる単調な焼野が原でさえ、こんなふうに一人の男が坐りこんで、いつ帰るとも分らず喋りつづけるときの憂鬱《ゆううつ》とは比べものにならない。

「問題はペシミズムでもなければオプチミズムでもない」と私はいらいらして言った。「百人のうち九十九人が馬鹿《ばか》だということが問題ですよ」

ベロクーロフは自分のことを言われたのだと思って、腹を立てて出て行った。

3

「マロジョーモヴォ村に公爵がお客にみえていて、お母さまによろしくですって」どこからか戻って来たリーダが手袋をぬぎながら母親に言った。「いろいろ面白いお話をなさってらしたわ……マロジョーモヴォに診療所を作る件をもう一度、県会に提案するって約束して下さったけど、あまり期待はもてないっておっしゃってたわ」そして私の方を向いてリーダは言った。「ごめんなさい、私うっかりしてしまって、こんな話、あなたには面白くありませんわね」

私は苛立《いらだ》ちを感じた。

「なぜ面白くないんです」と私は尋ね、肩をすくめた。「ぼくの意見などお聞きになりたくもないでしょうが、はっきり言って、その問題にぼくは非常な関心がありますね」

「そうかしら」

「そうですとも。ぼくの考えでは、マロジョーモヴォに診療所を作る必要は全然ありません」

私の苛立ちが伝わったとみえて、リーダは目を細めて私を眺《なが》め、尋ねた。

「じゃ何が必要なのかしら。風景画ですか」

「風景画も必要ない。あそこには何も必要ないです」

リーダは手袋をぬぎ終え、配達されたばかりの新聞を拡《ひろ》げた。少し経《た》って、明らかに自分の感情を抑えながら静かに言った。

「先週アンナが難産で死にましたけど、もし近所に診療所があれば助かったでしょう。風景画家のみなさんも、こういうことについて何らかの信念をお持ちになるべきだと思いますけど」

「その点についてはぼくにも明確な信念があります、本当です」と私は答え、リーダは聞きたくもないというように新聞で顔を隠した。「ぼくに言わせれば、診療所とか学校とか図書館とか救急箱とかは、現在の体制の下では人間の奴隷化に役立つだけです。民衆は大きな鎖でがんじがらめに縛られているのに、あなたはその鎖を断ち切ろうとせず、新しい鎖の環《わ》を付け加えているにすぎない——これがぼくの考えです」

リーダは目をあげて私の目を見つめ、あざけるように微笑《ほほえ》んだが、私は自分の考えの要点を掴《つか》もうと努力しながら続けた。

「重要なのはアンナがお産で死んだということではなくて、そういうアンナとかマーヴラとかペラゲーヤとかがみんな朝早くから暗くなるまで背中を曲げ、過労に病み、飢えた病気の子供たちのことを一生涯気遣《きづか》い、死と病気を一生涯恐れ、一生涯薬の厄介になり、早く萎《しな》び、早く老《ふ》け、不潔と悪臭の中で死んでゆくことなんです。彼女らの子供たちも大人《おとな》になるとそれと同じことを繰返し、そうやって数百年が過ぎても、何十億もの人々がたった一切れのパンのために、絶え間ない恐怖を味わいながら、動物よりも悪いくらしを送っているんです。彼らの境遇の恐ろしさのすべては、魂について考える余裕がないということ、自分が神の姿に似せて創《つく》られたことを思い出す暇がないということです。飢えや、寒さや、動物的な恐怖、果てしない労働が、ちょうど雪崩《なだれ》のように精神活動への道を、人間を動物から区別し、人間にとって生きるに価する唯一のものへの道を、すっかりふさいでしまったのです。あなたは病院や学校を作って彼らを助けようとしていらっしゃるけれども、そんな方法では彼らを枷《かせ》から解放できないばかりか、かえっていっそう奴隷化することになる。だって彼らの生活に新しい偏見を持ちこむことによって、彼らの必要物の数をふやしているのですからね。彼らは膏薬《こうやく》やパンフレットの代金を郡会に収めなきゃならない、したがって余計あくせく働かなければならないことは、もう申上げる必要もないでしょう」

「あなたと議論する気はありません」と、新聞を置いてリーダは言った。「そういうお話は前にも聞いたことがあります。一つだけ申上げたいのは、腕をこまねいて坐っているわけにはいかないということです。確かに私たちは人類全体を救うなんてことはできませんし、たぶん多くの点で間違っているでしょうけど、できるだけのことはしているのですから正しいのです。教養のある人間にとって最も尊《とうと》い神聖な仕事、それは隣人に奉仕することですから、私たちもできる限りは奉仕しようと努めています。それがあなたにはお気に召さないのでしょうけど、すべての人間の気に入るようには振舞えませんしね」

「本当よ、リーダ、本当ですよ」と母親が言った。

リーダの前では、この婦人はいつもおどおどし、話すときも何か余計な場違いなことを口走りはしないかと心配そうに娘の顔色をうかがうのだった。そして決して娘の意見には逆《さか》らわず、いつも、本当よ、リーダ、本当ですよ、と相槌《あいづち》を打った。

「百姓に読み書きを教えるだとか、つまらない教訓や諺《ことわざ》をのせたパンフレットだとか、診療所だとか、そんなものは無知や死亡率を少なくすることはできません。この家の窓から洩《も》れる光がこの広い庭全体を照らし出すことができないのと同じことです」と私は言った。「あなたは何一つ与えてはいない。あれらの人たちの生活に干渉することによって新たな欲求を、新たな労働の必要を生み出しているだけなんです」

「まあ、呆《あき》れた、だって何かをすることは必要でしょう！」と、リーダは苛立《いらだ》たしげに言った。その口調から、娘が私の考えを下らないものと見なし、軽蔑《けいべつ》していることがうかがわれた。

「必要なのは人間を辛《つら》い肉体労働から解放することです」と私は言った。「人々が一生涯かまどや飼葉桶《かいばおけ》のそばや畠《はたけ》で暮さなくてもすむように、魂や神について考えるだけの暇を持つように、そして各自の精神的能力をなるべく広汎《こうはん》に発揮できるように、人々の重荷を軽くし、息ぬきをさせることが必要なんです。あらゆる人間の使命は精神活動に――生活の真実と意味を絶えず探《さが》し求めることにあるのですからね。粗野な動物的な労働を不必要なものにし、人々に自由を感じさせてごらんなさい、そうすれば、そんなパンフレットや救急箱が本質的にはどれほどふざけたものか分るでしょうよ。ひとたびおのれの真の使命を自覚した人間を満足させるものは、宗教や科学や芸術だけであって、そういう下らないものではないのです」

「労働から解放するんですって！」と、リーダはせせら笑った。「そんなことが可能かしら」

「可能です。彼らの労働の何分の一かを引受ければいいんです。もしわれわれ、都市や農村に住む者が一人の例外もなしに、人類全体が肉体的要求を満たすために費やしている労働をお互いにわかち合うことを承知したとすれば、恐らくわれわれ一人一人は一日にせいぜい二、三時間働けばすむことになるでしょう。われわれみんな、金持も貧乏人も一日にたった三時間働き、あとは自由な時間という状態を想像してごらんなさい。更には、われわれがなるべく自分の肉体に頼《たよ》ることを少なくし、労働を減らすために、労働の代りをする機械を発明し、われわれの必要物の数を最小限にまで減らしたところを想像してごらんなさい。そして自分自身を鍛え、飢えや寒さを恐れぬように子供たちを鍛えれば、われわれはもうアンナやマーヴラやペラゲーヤのように子供たちの健康を案じて絶えずびくびくする必要はなくなるでしょう。われわれが医者の世話にならず、薬局やタバコ工場や酒造工場を持たぬ場合を想像して下さい——結局どれほどの自由な時間がわれわれに残されることか！　われわれみんなは共同でその余暇を科学や芸術に捧《ささ》げるでしょう。百姓たちが時たま部落総出で道路の修理をするように、われわれもみな力を合わせて生活の真実と意味を探求するのです。そうすれば——ぼくは確信していますが——真実はたちまち発見されて、人間はこの絶え間なく心を悩ます死の恐怖から、いや、死そのものからさえ逃《のが》れられるに違いないんです」

「でも、あなたのおっしゃることは矛盾していますわ」と、リーダが言った。「科学、科学とおっしゃるのに、一方では読み書きを教えることを否定していらっしゃる」

「居酒屋の看板か、たまにちんぷんかんぷんのパンフレットを読む可能性しかない場合の読み書きですか、そんな読み書きの能力ならわが国ではリューリクの昔からありますし、ゴーゴリのペトルーシュカ（訳注 『死せる魂』の主人公チーチコフの従僕）だって字を読みます。ところが農村はいまだにリューリクの時代そのままですからね。必要なのは読み書きの能力ではなくて、精神的能力を充分に発揮するための自由です。小学校ではなくて大学が必要なんです」

「医学もあなたは否定なさるのね」

「ええ。医学というものは自然現象としての病気を研究するために必要であって、病気の治療のためのものではない筈《はず》でしょう。治療するなら病気ではなく病気の原因を直すべきです。根本原因の肉体労働をとりのぞいてごらんなさい、病気はなくなってしまいますから。治療のための科学などというものをぼくは認めませんね」私は興奮して喋《しゃべ》りつづけた。「科学や芸術は、もし本物であるならば、一時的、個別的な目的ではなく、永遠の、一般的な目的を目指《めざ》すものです。生活の真実や意味を探求し、神や魂を探求する筈の科学・芸術が、日々の必要に、薬局や図書館に縛りつけられてしまったら、それはただ人生を複雑にし、わずらわしくするだけです。わが国には医者や薬剤師や法律家は大勢いますし、読み書きのできる人間もふえましたが、生物学者や数学者や哲学者や詩人は全然いません。知性のすべて、精神的エネルギーのすべてが、一時的な束《つか》の間《ま》の必要を満たすために費やされてしまう……学者や作家や芸術家は仕事に忙しく、彼らのおかげで生活は日ごとに快適になり、肉体的な要求が増大する一方、真実への道は依然として程遠く、人間は相変らずきわめて残忍で不潔な動物であることをやめないし、すべては人類の大多数が退化し永久に生活能力を失ってしまうように仕組まれている。こういう状態では、芸術家の生活にはなんの意味もありません。才能があればあるほど、芸術家の果す役割は奇妙なもの、不可解なものになってしまう。よく考えれば分ることですが、芸術家は現在の体制を支持しながら、残忍で不潔な動物を楽しませるために仕事をしているんですからね。だからぼくは仕事をしたくないし、今後もしないでしょう……何をする必要もありはしない。こんな地球なんぞ地獄へ落ちりゃいいんだ！」

「ミシュスちゃん、あっちへ行ってらっしゃい」と、リーダが妹に言った。私の話が若い娘には有害だと思ったのだろう。

ジェーニャは悲しそうに姉と母を見て、出て行った。

「そういう御立派なことをおっしゃるのは、たいてい御自分の無関心について弁解なさりたい場合ですわ」と、リーダは言った。「病院や学校を否定することは治療したり教えたりすることよりも楽ですものね」

「本当よ、リーダ、本当ですよ」と母親が相槌《あいづち》を打った。

「仕事をしないなんて力《りき》んでらっしゃるところをみると」と、リーダは続けた。「どうやら御自分のお仕事は高く評価していらっしゃるようですわね。もう議論はよしましょう、いつまでたっても一致する筈はありませんもの。だって、あなたがたった今あんなに貶《けな》してらした図書館や薬局の、一番不完全なものでさえ、世界中のどんな風景画より価値があると私は思っているのですから」そして母親の方に向き直り、全く別の口調で喋り出した。「公爵はずいぶんお痩《や》せになって、うちへいらした頃から見るとひどくお変りになったわ。今度ヴィシーへ御出張ですって」

母親に公爵の話を始めたのは、私と口をききたくないからなのだろう。リーダの顔は紅潮していた。その興奮を隠そうと、娘はまるで近眼の人のようにテーブルにかがみこみ、新聞を読むふりをしていた。私の存在が不愉快なのだ。私は別れの挨拶《あいさつ》をして外へ出た。

4

外は静かだった。池のむこうの村は寝静まって、ともしび一つ見えず、ただ池の面《も》に青白い星の光が幽《かす》かに映っていた。ライオンの彫刻のある門のそばに、ジェーニャが身じろぎもせずに立っていた。私を見送ろうと待っていたのである。

「村の人はみんな寝ているな」と、暗闇《くらやみ》の中に娘の顔を見定めようとしながら私は言った。私をじっと見つめている黒い悲しげな目が見えた。「居酒屋のおやじも、馬泥棒も、みんなすやすや眠っているのに、ぼくらのような育ちのいい人間はお互いに相手を怒らせたり、議論したりしているんですからね」

物悲しい八月の夜だった。それはすでに秋の気配が感じられるための物悲しさである。赤黒い雲に包まれて月が昇り始め、道と、道の両側の黒々とした秋播《あきま》きの畠《はたけ》を幽《かす》かに照らしていた。星がしきりに流れた。ジェーニャは私と並んで歩きながら、空を見ないようにしていた。なぜか流れ星がこわいので、それを見たくないという。

「あなたのおっしゃる通りだと思うわ」と、湿っぽい夜気に震えながら娘は言った。「みんなが力を合わせて精神的な活動に打ちこんだら、どんなことでもじき分るでしょうね」

「もちろん。ぼくらは最高の生物ですからね、もしも本当に人間の持つあらゆる才能の力を意識して最高の目的のためにだけ生きるならば、ぼくらは神のようになるでしょう。でも、そんなことは絶対にありませんね――人間は退化して、才能は跡かたもなく消えるでしょう」

門が見えなくなると、ジェーニャは立ちどまり、そそくさと握手した。

「おやすみなさい」と、娘は震えながら言った。肩を覆《おお》っているのはブラウス一枚だけなので、寒さに身をすくめていた。「あすもいらしてね」

自分にも他人にも満足できず、苛立《いらだ》たしい気分のまま一人とり残されると思うと、私はそらおそろしくなった。私ももう流れ星を見ないようにしていた。

「もう少し一緒にいて下さい」と私は言った。「お願いだから」

私はジェーニャを愛していた。この娘がいつも私を出迎えたり送ったりしてくれ、うっとりした目つきでやさしく見つめてくれたから愛していたのかもしれない。なんという感動的なすばらしさだったろう、この娘の蒼《あお》ざめた顔、細い頸《くび》、細い腕、その弱々しさ、無為の毎日、そして読み耽《ふけ》る本！　それならば知性は？　この娘には人並みはずれた知性があるのではないかと密《ひそ》かに思い、その視野の広さに私は感嘆していたのだったが、それはたぶんこの娘の考え方が、私を嫌《きら》っている厳《きび》しく美しいリーダの考え方とは違っていたためなのだろう。私は画家としてジェーニャに好かれ、自分の才能でこの娘の心を捉《とら》えたのであり、この娘のためにだけ絵を描きたいと熱烈に念じた。そしてこの娘が私の小さな女王となって、私と一緒にこれらの樹木や野原や霧や夕焼けを、この奇蹟《きせき》めいた魅力あふれる自然そのものを支配するさまを空想するのだった。この自然の中で、それまでの私は絶望的に孤独な余計者としてしか自分を感じることができなかったのだが。

「もうちょっと、いて下さい」と私は頼んだ。「後生だから」

私は外套《がいとう》を脱いで、娘の凍えた肩に着せかけた。娘は男物の外套を着て滑稽《こっけい》にぶざまに見えるのを恐れて、笑いながら脱ぎすて、そのとき、私は相手を抱きしめると、顔や肩や手にキスの雨を降らせ始めた。

「またあしたね！」と娘は囁《ささや》き、夜の静けさを乱すのを恐れてでもいるかのように、そっと私を抱きしめた。「うちではお互いに隠し事をしないから、すぐ母や姉に話さなきゃならないの……とてもこわいわ！　ママは大丈夫、ママはあなたが好きだから。でも、リーダは！」

娘は門の方へ走り出した。

「さようなら！」と一声叫んだ。

それから二分ほど、娘が走って行く足音が聞えていた。私は家に帰る気はしなかったし、急いで帰らねばならぬ理由もなかった。そこで暫《しばら》く考えあぐね佇《たたず》んでいてから、娘の住んでいる家をもう一度見ようと、こっそり引返した。懐《なつ》かしい素朴で古風な家は、中二階の窓を目のように光らせて私を眺《なが》め、何もかも理解してくれているように思われた。私はテラスの前を通りすぎ、テニスコートのそばの暗がりにある古い楡《にれ》の木陰に腰を下ろし、そこから家を眺めた。ミシュスの部屋がある中二階の窓に明るい光がきらめき、それがおだやかな緑色に変った。ランプに笠《かさ》をかぶせたのだろう。人影が動いた……私の心はやさしさと安らぎと満足感に満たされていた。自分も恋を覚え、人を愛することができたという満足感である。それとともに、今この同じ時間に、私から数十歩しか離れていないその家の一室に、私を嫌《きら》い、憎んでさえいるかもしれないリーダがいると思うと、なんとなく気が重かった。私はそこに坐りつづけ、ジェーニャが出て来ることを期待して聞き耳を立てた。中二階では話し声がしているようだった。

一時間ほど経《た》った。緑色のあかりが消え、人影も見えなくなった。月はもう家の上に高く昇り、眠りつづける庭や小道を照らしていた。家の前の花壇に咲くダリヤや薔薇《ばら》がくっきりと、どれも同じ色に見えた。ひどく寒くなってきた。私は庭を出ると、道に落ちていた自分の外套を拾い、ゆるゆると家へむかった。

翌日、昼食をすませてから、ヴォルチャニーノワ家へ行くと、庭に面したガラス戸が開け放されていた。今にも花壇のむこうのテニスコートか、並木道のどこかにジェーニャが姿を見せるのではないか、でなければどこかの部屋から彼女の声が聞えてくるのではないかと、私は暫《しばら》くテラスに腰を下ろしていた。それから客間へ行き、食堂へ行ってみた。どこにも人影はなかった。私は食堂から長い廊下を通って玄関へ行き、また引返した。廊下にはいくつかのドアがあり、その一つからリーダの声が聞えた。

「むかしむかしあるところで……かみさまがからすに……」と、リーダは大きな声でゆっくりと朗読していた。きっと書取りをさせているのだろう。「かみさまがからすに……チーズをひときれ……くださいました……むかしむかし……どなた？」と、私の足音を聞きつけて、リーダは突然呼びかけた。

「ぼくです」

「ああ。ごめんなさい、いま手が放せませんのよ。ダーシャの勉強をみているので」

「エカチェリーナ・パーヴロヴナは庭ですか」

「いいえ、今朝《けさ》、妹を連れてペンザ県の伯母の家へ行きました。冬にはたぶん外国へ行くと思いますけど……」少し黙っていてから、リーダはまた朗読を続けた。「むかしむかしあるところで……かみさまがからすに……チーズをひときれくださいました……書けましたか？」

私は玄関に出て、そこに立ったまま何も考えずに池や村を眺めていた。リーダの声がまだ聞えていた。

「チーズをひときれ……むかしむかしあるところでかみさまがからすに……」

ここへ初めて来たときの道を逆にたどって私はこの屋敷から去った。中庭から庭園へ、家の前を通り、それから菩提樹《ぼだいじゅ》の並木道を……そのとき一人の少年が私に追いついて、手紙を渡した。『すべてを姉に話しましたら、どうしてもお別れするようにと言われました』と、その手紙には書いてあった。『自分のわがままで姉を悲しませることなど、とてもできません。どうかお仕合せにお暮し下さい。私をお許し下さい。私と母がどんなに辛《つら》い思いをしているか、お分りいただけるでしょうか！』

それから暗い樅《もみ》の並木道、こわれた生垣《いけがき》……あの頃ライ麦が咲き、鶉《うずら》が啼《な》いていた野原には、今、牛や、脚《あし》をつながれた馬たちが放牧されていた。丘のそこかしこには秋播《あきま》きの麦があざやかな緑に映《は》えていた。私は酔いから醒《さ》めたような日常的な気分に捉《とら》えられ、ヴォルチャニーノワ家で喋ったことが恥ずかしくなり、生きることが再び以前のように退屈になった。家に帰ると、私は荷物をまとめて、その晩ペテルブルグへ発《た》った。

それ以来、ヴォルチャニーノワ家の人たちには逢《あ》っていない。ただ最近クリミヤへ行く汽車の中で、ベロクーロフと偶然出っくわした。彼は相変らず袖《そで》なし外套《がいとう》と刺繡《ししゅう》入りのシャツを着ていて、元気ですかと私が尋ねると、「おかげさまで」などと答えた。私たちはいろいろと世間話をした。ベロクーロフは自分の領地を売って、もう少し小さな土地をリュボーフィ・イワーノヴナの名義で買ったのだという。ヴォルチャニーノワ家の消息は僅《わず》かだった。ベロクーロフの話によれば、リーダは相変らずシェルコーフカに住み、学校で子供たちを教えている。そして自分に共鳴する人々のサークルを徐々にこしらえ、その連中は強力な結社を作って、最近の郡会選挙では、それまで郡全体を牛耳っていたバラーギンを「蹴落《けおと》した」という。ジェーニャについてベロクーロフが教えてくれたのは、もう家にいない、どこに住んでいるのか知らない、ということだけだった。

私はもう中二階のある家のことを忘れかけているが、ごく稀《まれ》に、絵を描《か》いているときや本を読んでいるときなど、突然、あの窓の緑色のあかりのことや、恋心を抱《いだ》いて寒さに手をこすりながら夜ふけの野原を家へ帰ったときの自分の足音などを、なんとはなしに思い出すことがある。そして更に稀なことではあるが、孤独にさいなまれ淋《さび》しくてたまらぬとき、ぼんやりと思い出に浸っていると、なぜかしら相手もやはり私のことを思い出し、私を待ちつづけ、やがて私たちは再会するのではないかという思いが少しずつ募ってくる……

ミシュス、きみはどこにいるのだろう。

イオーヌイチ

1

県庁所在地のS市へやって来た人が、ここの生活は退屈で単調だと言ってこぼすと、土地の人たちはいつも弁解のように、いや、Sはとてもいい町だ、Sには図書館も劇場もクラブもあるし、舞踏会も催されるし、おまけに知的で面白くて愉快な家庭がたくさんあり、それと交際することもできると言った。そして最も教養があり才能がある一家として、トゥルキン家を挙《あ》げるのだった。

この一家は目抜き通りの県知事の私邸のそばの独立家屋に住んでいた。主人のトゥルキンは名前をイワン・ペトローヴィチといい、でっぷり肥えたブリュネットの美男子で、頰髯《ほおひげ》を生《は》やし、ときどき素人《しろうと》芝居の慈善公演を催し、みずから老将軍の役などを演じてはたいそう滑稽《こっけい》に咳払《せきばら》いをしてみせるのだった。この男は一口話や謎々《なぞなぞ》や諺《ことわざ》のたぐいをたくさん知っていて、冗談や洒落《しゃれ》を言うのを好み、いつもふざけているのかまじめに話しているのか分らないような表情をしていた。その妻のヴェーラ・ヨシフォヴナは鼻眼鏡をかけた痩《や》せぎすの美しい婦人で、中編や長編の小説を書き、それを客に朗読して聞かせるのが好きだった。娘のエカチェリーナ・イワーノヴナは年頃のお嬢さんで、ピアノを弾《ひ》いた。要するにこの一家はみなそれぞれ何らかの才能を持っていたわけである。トゥルキン家はいつも喜んで客を迎え、陽気に、心から率直にそれぞれの才能を披露《ひろう》するのだった。大きな石造りの家はひろびろとして夏は涼しく、数多い窓の半分は年経た鬱蒼《うっそう》たる庭にむかって開かれ、そこでは春ともなれば鶯《うぐいす》が啼《な》いた。客が家の中に坐《すわ》っていると、台所からは庖丁《ほうちょう》の音が聞え、玉葱《たまねぎ》を揚げる香《かお》りが中庭にまで流れ出た——それは決って盛りだくさんで美味《おい》しい夕食の前触れなのだった。

医師のスタルツェフ、その名はドミートリー・イオーヌイチは、郡会医に任命されてS市から九キロあまりのジャリージに越して来たとき、やはり、知識人ならばトゥルキン家と交際しなければいけないと言われた。そして或《あ》る冬の日、街頭でイワン・ペトローヴィチに紹介され、天候や、芝居や、コレラの話をするうち、招待を受けることとなったのである。春になって、ある休日に——それは昇天節の日だった——スタルツェフは診察をすませてから、気晴らしを兼ねて何か買物をしようと町へ出掛けた。そしてぶらぶら歩きながら（まだ自分の馬車を持っていなかったので）こんな歌を口ずさんだ。

いまだ浮世の盃《さかずき》で涙を飲まぬその頃《ころ》は……

町で食事をしてから公園を暫《しばら》くぶらつくうちに、イワン・ペトローヴィチに招待されていたことをふと思い出したので、一体どんな家族なのか見てやろうと、トゥルキン家を訪《たず》ねることにした。

「はい、こんにちは」と、玄関に出て来たイワン・ペトローヴィチは言った。「まことにまことに喜ばしい珍客到来。いざまずこれへ、奥方に御紹介しましょう。ヴェーロチカ、私はいつもこの方に申上げているんだよ」と、医師を妻に紹介しながらこの家の主人は続けた。「いつも申上げているんだよ、御自分の病院にばかり引きこもっていてもいいとはローマ法にも書いてない、すべからく余暇は社交のためにお捧《ささ》げになるべきだとね。そうじゃないかね、え、お前」

「ここへお坐りになって」と、客を自分の脇《わき》へ坐らせながら、ヴェーラ・ヨシフォヴナは言った。「私を口説《くど》いて下さってもよろしいのよ。主人は焼餅《やきもち》やきでオセローみたいですけど、私たちはうまく振舞いますものね、主人に何一つ気付かれないようにね」

「ああ、この雛《ひよ》っ子、甘ったれめ……」イワン・ペトローヴィチはやさしく呟《つぶや》いて、妻の額にキスした。「ちょうどいい時にお見えになった」と、また客にむかって、「この奥方は大々的なる長編小説を書きあげましてな、本夕それを朗読いたしますので」

「ねえ、ジャン」と、ヴェーラ・ヨシフォヴナが夫に言った。「お茶を出すようにおっしゃって《ディートゥ・ク・ロン・ヌ・ドンヌ・デュ・テ》」

母親そっくりに痩せぎすで愛くるしい十八歳の娘、エカチェリーナ・イワーノヴナにもスタッフは紹介された。娘の表情はまだ子供っぽく、腰つきも細くて弱々しかった。いかにも乙女《おとめ》らしい、すでに発育した美しい健康な胸は、青春を、紛れもない青春を語っていた。それからみんなでお茶を飲み、ジャムや蜂蜜《はちみつ》やボンボンや、口に入れると溶けてしまう美味《おい》しいビスケットを食べた。夕方になると次第に客たちが集まり、その一人一人にイワン・ペトローヴィチは笑《え》みを含んだ目を向けて、言うのだった。

「はい、こんにちは」

やがて一同はまじめくさった顔をして客間に坐り、ヴェーラ・ヨシフォヴナが自作の小説を朗読した。その始まりはこうだった、『寒さはますます厳《きび》しくなって……』。窓という窓はいっぱいに開かれ、台所から庖丁の音が聞え、玉葱《たまねぎ》を揚げる香りが漂ってきた……やわらかく深い肘掛椅《ひじかけい》子《す》はよい坐り心地で、ほの暗い客間のあかりがいかにもやさしくまたたいた。この夏の夕暮れ、街路からは話し声や笑い声が聞え、中庭からはリラの香りが流れてくるとき、寒さがますます厳しくなったり、沈み行く太陽がその冷たい光線で雪野原や独《ひと》り道を行く旅人を照らしたりするさまを思い描くことは困難だった。ヴェーラ・ヨシフォヴナの小説の中では、若く美しい伯爵夫人が自分の村に小学校や病院や図書館を作り、やがて放浪の画家に恋をする——といった、およそ現実にはあり得ないことが進行していたが、それでも朗読を聞いているのは楽しく心地よく、何やら美しい平穏な想いが頭に絶えず浮んできて、中座する気にはなれなかった……

「わりに良きですな……」と、イワン・ペトローヴィチが小声で言った。

すると客の一人が、朗読を聞きながらどこか遙《はる》か彼方《かなた》へ思いを馳《は》せていたらしく、やっと聞きとれるほどの声で言った。

「そう……まったく……」

一時間経《た》ち、二時間経った。すぐ近くの市立公園ではオーケストラが演奏し、合唱団が歌を歌っていた。ヴェーラ・ヨシフォヴナがノートを閉じたときも、一同は五分間ほど何も言わずに合唱団の歌う『松明《たいまつ》』に耳を傾けていた。その歌は、今の小説にはなかったが現実にはよくある情景を歌っていた。

「御自分の作品を雑誌に発表しておられますか」と、スタルツェフはヴェーラ・ヨシフォヴナに尋ねた。

「いいえ」と夫人は答えた。「どこにも発表しません。書いたものは戸棚《とだな》にしまっておきます。だって発表する必要がありませんもの」と夫人は説明した。「私どもには財産がございますから」

すると一同はなぜか溜息《ためいき》をついた。

「じゃ今度は、仔猫《こねこ》ちゃん、何か弾《ひ》きなさい」と、イワン・ペトローヴィチが娘にむかって言った。

ピアノの蓋《ふた》が持ち上げられ、すでに用意してあった楽譜が開かれた。エカチェリーナ・イワーノヴナは椅子に坐り、両手でキーを叩《たた》いた。それからまたすぐ全力をこめて叩き、それが何度も何度も繰返された。肩や胸を震わせて娘は執拗《しつよう》に同じ場所ばかり叩きつづけ、キーをピアノの中へめりこませるまでは叩きやめないように思われた。客間は雷鳴に満たされた。何もかもが轟《とどろ》いていた。床も、天井も、家具も……まもなくエカチェリーナ・イワーノヴナはむずかしい経過句《パッサージュ》を弾き始めた。それはむずかしいから面白いというだけの長い単調なもので、スタルツェフはそれを聴きながら、高い山から石がひっきりなしに降ってくるさまを想像し、一刻も早く降《た》りやんでくれればいいと思うのだったが、同時に、緊張のあまり頰を紅潮させ、額に髪の房を垂らした強い精力的な感じのエカチェリーナ・イワーノヴナをたいそう好ましく思った。一冬をジャリージの病人と百姓に囲まれて過したあとでは、この客間に坐って、この若くて優美な、そしてたぶん純潔な生きものを眺《なが》め、この騒がしくて退屈だが文化的には違いない音を聴いているのは、なんともいえず楽しくて新鮮な経験だった……

「よし、仔猫ちゃん、今日は普段よりずっと上手《じょうず》だったよ」と、娘が弾き終って立ちあがると、イワン・ペトローヴィチは目に涙を浮べて言った。「死ね、デニスよ、もはやそれ以上には書けまい（訳注　十八世紀の劇作家デニス・フォンヴィージンの『若様』が上演されたとき、時の権力者ポチョームキン公爵が感嘆して言ったと伝えられる言葉。イワン・ペトローヴィチの引用は不正確である）」

みんなは娘を取巻いて、おめでとうと言ったり、感嘆したり、こんなすばらしい音楽を聴いたのは久しぶりだと言ったりし、娘は何も言わずに微笑しながらそれを聞いていたが、その姿には勝利という字が書かれているようだった。

「すばらしい！　最高だ！」

「すばらしい！」と、スタルツェフもみんなの熱狂にひきずりこまれて言った。「どこで音楽をお習いになりました」と、エカチェリーナ・イワーノヴナに尋ねた。「音楽学校ですか」

「いいえ、音楽学校はこれから入るつもりですけど、今まではここのザヴローフスカヤ先生に習っていました」

「ここの女学校を卒業なさったのですか」

「とんでもございません！」と、娘に代ってヴェーラ・ヨシフォヴナが答えた。「私どもでは先生方に家までおいでいただきましたの。女学校では、通いにしろ寄宿にしろ、悪い影響を受ける心配がございましょう。育ちざかりの女の子はやはり母親だけの影響を受けるようにしませんとね」

「でも音楽学校には私行くわよ」と、エカチェリーナ・イワーノヴナが言った。

「いいえ、仔猫ちゃんはママを愛してるでしょ。仔猫ちゃんはパパやママを悲しませないでしょ」

「いやよ、私行くわよ！　行くわよ！」と、エカチェリーナ・イワーノヴナはふざけ半分に駄々《だだ》をこねながら、小さな足で床を踏み鳴らした。

　夕食になって、今度はイワン・ペトローヴィチが才能を披露《ひろう》する番だった。この男は目だけで笑いながら一口話をいくつかやり、洒落《しゃれ》を言い、滑稽《こっけい》な謎々《なぞなぞ》を出しては自分でそれを解き、その間ずっと独特の異様な言葉で喋《しゃべ》っていた。それは長年の頓知《とんち》修行によって編み出され、すでに全く習慣化しているらしい言葉だった。「大々的」とか「わりに良きです」とか「心からっぽなる感謝を」とか……

　だが、それで種ぎれではなかった。満腹もし満足もした客たちが玄関にどやどやと出て、それぞれの外套《がいとう》やステッキを探《さが》していると、下男のパヴルーシャが飛びまわって世話をした。この家ではパーヴァ（訳注　孔雀の意）と呼ばれ、髪を短く刈りこみ、丸々した頰の十四歳の少年である。

「じゃ、パーヴァ、ひとつ演《や》ってごらん！」と、イワン・ペトローヴィチが少年にむかって言った。

　パーヴァはポーズをとり、片手を高く差上げ、悲劇役者の口調で言った。

「死ねよ、幸《さち》薄き女《おみな》よ！」

　一同はどっと笑った。

『なかなか面白い』と、スタルツェフは通りへ出ながら思った。

　そして更にレストランへ寄ってビールを飲み、それからジャリージの自宅へと歩き出した。みちみち唄《うた》をくちずさんだ。

やさし、悩まし、あなたの声は……

九キロあまりを歩き通して寝床に入ったが、疲れは少しも覚えず、あと十キロや二十キロは平気で歩けそうな気がした。

『わりに良きですな……』うとうとしながらその言葉を思い出し、声を立てて笑った。

2

スタルツェフはトゥルキン家へ行こう行こうと思いながら、病院の仕事が忙しすぎて、どうしても暇が見つからなかった。こうして仕事と孤独のうちに一年以上の時が過ぎ去った。だが、ある日、青い封筒に入った手紙が町から届いた……

ヴェーラ・ヨシフォヴナは久しい以前から持病の偏頭痛に悩まされていたが、最近は仔猫《こねこ》ちゃんが毎日のように音楽学校へ行くと言って脅《おど》かすので、発作がますます頻繁《ひんぱん》になってきた。トゥルキン家には町中の医者が入れ代り立ち代り訪れ、遂《つい》に郡会医の順番がまわってきたというわけだった。ヴェーラ・ヨシフォヴナは感動的な手紙を書き、その中で、どうかおいでになって私の苦しみを和らげて下さいと懇願していた。スタルツェフは早速《さっそく》出かけて行き、それ以来トゥルキン家にしばしば、あまりにもしばしば出入りするようになった……ヴェーラ・ヨシフォヴナは少し具合がよくなり、来客をつかまえては、この方はびっくりするほど腕のいいお医者様だと吹聴《ふいちょう》するのだった。だがスタルツェフがトゥルキン家へ行くのは、もはや夫人の偏頭痛のためではなかった……

ある祭日のこと。エカチェリーナ・イワーノヴナはうんざりするほど長いピアノの練習を終えた。そのあと、みんなで食堂に御輿《みこし》を据えてお茶を飲み、イワン・ペトローヴィチは何やら滑稽《こっけい》な話をした。だが、そのときベルが鳴った。やって来たお客を迎えに玄関へ出なければならない。混乱の一瞬を利用して、スタルツェフはどきどきしながらエカチェリーナ・イワーノヴナに囁《ささや》いた。

「ね、お願いです、私を苦しめないで下さい、お庭へ出ましょう！」

一体何の用なのか分らないというように娘は肩をすくめたが、それでも立ちあがって歩き出した。

「三時間も四時間もピアノをお弾《ひ》きになって」と、娘のあとをついて行きながらスタルツェフは言った。「そのあとはお母さんのそばにばかり坐っていらっしゃるから、お話をする機会がありません。お願いですから、せめて十五分でも時間をさいて下さい」

秋が近づいた古い庭は静かで物悲しく、並木道には黒ずんだ落葉がつもっていた。もう早い黄昏《たそがれ》が始まっていた。

「丸一週間もお目にかかりませんでしたね」と、スタルツェフは続けた。「それがどんなに辛《つら》かったか、分っていただけますか！ 腰掛けましょう。私の話をお終《しま》いまで聞いて下さい」

庭には二人の好きな場所があった。枝を大きく拡《ひろ》げた古い楓《かえで》の木の下のベンチである。今も二人はそのベンチに腰を下ろした。

「どんなお話かしら」と、エカチェリーナ・イワーノヴナは素気《そっけ》ない事務的な口調で尋ねた。

「丸一週間お目にかからず、そんなに永い間あなたのお声を聞かなかったのです。あなたのお声に飢えています、聞きたくてたまらない。何か話して下さい」

スタルツェフがこの娘に夢中になったのは、娘の新鮮さ、その目や頰《ほお》のあどけなさのためだった。娘の服の着こなしにさえ、スタルツェフは何かしら異様に可憐《かれん》なものを、感動的なほど素朴で無邪気な優雅さを見ていた。と同時に、その無邪気さとは裏腹に、この娘は年に似合わず聡明《そうめい》で成熟しているようにも思われた。まじめな話をしているとき突拍子もなく笑い出して家に駆けこんでしまうことはあったけれども、この娘とならば文学や芸術など何についても語ることができたし、人生問題や交友関係について愚痴をこぼすこともできた。この娘はS市の殆《ほと》んどすべての若い娘たちと同じようになかなかの読書家だった（S市では概して本を読む人は少なく、ここの図書館では、若い女の子とユダヤ人の青年たちがいなければ図書館は閉鎖になるだろうなどと言っていた）。読書家であることも限りなく気に入っていたスタルツェフは、いつも胸をわくわくさせながら、最近何を読んだかと尋ね、うっとりとして相手の話に耳を傾けるのだった。

「お目にかからなかったこの一週間に何をお読みになりました」と、今もスタルツェフは尋ねた。

「お願いですから話して下さい」

「ピーセムスキーを読みましたわ」

「ピーセムスキーの何を？」

「『千の魂』」と仔猫ちゃんは答えた。「でも、ピーセムスキーの名前って滑稽ね。アレクセイ・

フェオフィラークトィチなんて！」

「どこへいらっしゃるんです」と、娘が突然立ちあがり家の方へ歩き出したので、スタルツェフはぎょっとして言った。「私はどうしてもあなたにお話ししたいことがあるんです、打明けたいことが……せめてあと五分間ここにいて下さい！　後生です！」

娘は何か言いたそうな様子で立ちどまったが、すぐに不器用な手つきでスタルツェフの掌《てのひら》に紙切れを押しこみ、家に駆けこんで再びピアノの前に坐った。

『今夜十一時に』と、スタルツェフは読んだ。『墓地のデメッティの記念碑のそばに来て下さい』

『これはまたなんと馬鹿げたことだろう』と我に返ってスタルツェフは思った。『どういうわけで墓地なんだ。なんのために？』

これが仔猫ちゃんのいたずらであることは明らかだった。実際、逢引《あいびき》をするなら町なかや公園ででも簡単にできるのに、夜ふけに、しかも町から遠い墓地を指定するなど、正気の人間が考えつくことだろうか。それに溜息《ためいき》をついたり、紙切れを渡されたり、墓地をぶらついたり、今どき中学生でもあざ笑うような愚行を演じるのは、いやしくも郡会医であり賢明な一人前の名士である自分のような男にふさわしいことだろうか。このロマンスの結末はどうなるのだろう。同僚に知れたら、なんと言われるだろう。クラブで、たくさんのテーブルのまわりをぐるぐる回りながら、スタルツェフはこんなふうに考えていたが、十時半になると急に思い立って墓地へ馬車を走らせた。

すでにスタルツェフには自家用の二頭立ての馬車があり、ビロードのチョッキを着たパンテレイモンという馭者《ぎょしゃ》もいたのである。月が輝いていた。静かで暖かかったが、それは秋めいた暖かさだった。郊外の屠殺場《とさつば》のあたりで犬たちが吠《ほ》えていた。スタルツェフは町はずれの小路に馬車を残し、歩いて墓地へむかった。『だれにでも変なところはあるものだ』と、スタルツェフは思った。『仔猫ちゃんだって妙な娘だから、ひょっとすると冗談ではなく本当に来るかもしれないぞ』このはかないうつろな望みに身を任せ、スタルツェフは酔ったような気分になるのだった。

四、五百メートルほど野原を歩いた。墓地は遠くに黒い帯となって現われ、森か大庭園のように見えた。白い石垣《いしがき》や門が見え始めた……門の上に記《しる》された『……の時来たるべし』という文字が月の光に読みとれた。耳門《くぐり》を入ったスタルツェフが最初に見たものは、幅広い並木道の両側の白い十字架や石碑の群れであり、それらの黒い影やポプラ並木の影だった。見渡す限り白と黒の風景がひろがり、眠そうな樹木が枝々を白いものの上に垂《た》らしていた。ここは野原よりも明るいように思われた。鳥の足に似た楓《かえで》の葉は並木道の黄色い砂や敷石の上にくっきりと浮びあがり、石碑の文字も明瞭《めいりよう》に読みとれた。初めのうち、スタルツェフを感動させたのは、今生れて初めて目撃し恐らくもう二度と見る機会はあるまいと思われるこの光景だった。ほかの何ものにも似ていない世界、月光の揺籃《ようらん》の地でもあるかのように月あかりの美しくやわらかな世界。ここには生命は全く存在しないが、一本一本の黒いポプラに、一つ一つの墓に、静かで美しい永遠の生命を約束する神秘の存在が宿っているように感じられた。敷石や萎《しぼ》んだ花からは秋の匂《にお》いと一緒に、罪の赦《ゆる》しや、悲しみや、安らぎが漂っていた。

あたりは静寂そのものだった。この深い和解の中で星々は空から見下ろし、スタルツェフの足音は妙に鋭く、場所柄にふさわしくなく響き渡った。そして教会の鐘が時を告げ始め、自分が死んでここに永遠に埋められたさまを想像してみたとき、初めて、だれかにじっと見つめられているような気がして、スタルツェフは暫《しば》し考えた。これは安らぎでも静けさでもなくて、無というものの声なき哀愁、抑《おさ》えつけられた絶望なのだ……

デメッティの記念碑は礼拝堂のようなかたちで、頂に天使の像がついていた。昔S市にイタリア歌劇団の一行が立ち寄ったとき、女声歌手の一人が急死してここに葬られ、この記念碑が建てられたのだった。町ではもうだれもその女性のことを覚えていなかったが、入口の上の所にある燈明は月の光を照り返し、ちょうど燃えているように見えた。

だれもいなかった。まったく真夜中にこんな所へだれが来るだろう。だが、スタルツェフは待ちつづけ、まるで月の光に心の中の情熱を暖められでもしたようにひたすら待ちながら、接吻《せっぷん》や抱擁をしきりと思い描くのだった。記念碑のそばに三十分ほど坐っていてから、帽子を片手に脇《わき》道《みち》から脇道へと歩き始め、依然として待ちつづけ、かつ考えていた。これらの墓の中には、かつて美しく魅力的で、恋をし、夜ごと愛撫《あいぶ》に身を任せ、情熱に身を焼いた婦人や少女たちが、一体何人埋められているのだろう。突きつめて考えれば、母なる自然はなんと意地悪く人間をからうものであり、それを思うと、なんと腹立たしいことだろう！　スタルツェフはそんなふうに考え、しかも同時に、おれは恋が欲しいのだ、何がなんでもこの恋の到来を待ちつづけるぞ、と叫び出したかった。目の前に白く見えるのはもはや大理石のかけらではなくて、かずかずの美しい肉体であり、それらの姿が恥じらうように木蔭に身を隠すのをスタルツェフは目撃し、肌《はだ》のぬくもりを感じ、悩ましさは苦しいまでに募ってゆくのだった……

と、まるで幕が下りるように月が雲のかげに隠れ、あたりは急に暗くなった。スタルツェフはやっとのことで門を探しあて――秋の夜ふけの常としてもう真っ暗だった――それから一時間半もうろうろして、ようやく馬車を置いてきた小路にたどり着いた。

「疲れた、立っているのがやっとだ」と、スタルツェフはパンテレイモンに言った。

そして馬車の座席に腰を下ろし、ほっとしながら考えた。『やれやれ、肥るのはよくないな！』

3

次の日の夕方、スタルツェフは結婚の申しこみをしにトゥルキン家へ行った。だが生憎《あいにく》のことに、エカチェリーナ・イワーノヴナは自分の部屋で美容師に髪を結わせていた。クラブの舞踏会へ出掛けるのだという。

そこで又もや食堂に永いこと坐りこみ、お茶を飲んでいなければならなかった。客が沈みこみ退屈そうにしているのを見たイワン・ペトローヴィチは、チョッキのポケットからいくつかのメモを取出し、ドイツ人の管理人が、御領地内の冗前《い》ことごとく破損し赤面《い》も崩《くず》れ落ち云々《うんぬん》と書いてきた滑稽《こっけい》な手紙を読み上げた。

『持参金もきっと少なくはないな』と、それをぼんやり聞きながらスタルツェフは思った。

眠られぬ一夜を過したあとなので、何か甘ったるい睡眠薬でも飲まされたように茫然《ぼうぜん》としていた。霧がかかったような気分だったが、それでも喜ばしく心楽しく、しかも頭の中では何やら冷たい重苦しい塊《かたまり》が、こんな理屈をこねていた。

『やめるんだ、手遅れにならないうちに！　あれがお前の似合いの女か？　甘やかされたわがまま娘、午後二時まで寝ている女だぞ。お前は下っ端《したっぱ》坊主《ぼうず》の息子で、田舎《いなか》医者じゃないか……』

『それがどうした』と、スタルツェフは思った。『構わないじゃないか』

『しかもだ、もし彼女と結婚したら』と塊は続けた。『むこうの身内の連中は、お前に郡会をやめて町に住めと言うぞ』

『それがどうした』と、スタルツェフは思った。『町に住むなら町でもいいさ。持参金をたっぷり貰《もら》って開業するさ……』

ようやく舞踏会用のデコルテに身を包んだエカチェリーナ・イワーノヴナが、美しいすがすがしい姿を見せた。スタルツェフは見惚《みと》れて有頂天になり、一言も口がきけずにただ目を見張って笑うばかりだった。

娘が行って参りますと言ったので、スタルツェフも——居残っていても仕方がないので——立ちあがり、患者が待っていますからもう帰りますと言った。

「致し方なし」と、イワン・ペトローヴィチは言った。「ではお帰り下さい。ついでに、クラブまで仔猫《こねこ》ちゃんを送りとどけて下さいますか」

外は雨がぱらついて、たいそう暗く、パンテレイモンの嗄《しわが》れた咳《せき》によって馬車のありかが分るほどだった。馬車に幌《ほろ》がかけられた。

「あたしゃ一人でお留守番、お前馬鹿な子、馬車の中」と、娘を馬車へ乗せながらイワン・ペトローヴィチは言った。「こちらも馬鹿な子、馬車の中……そうれ出発！　はい、さようなら！」

馬車は動き出した。

「ゆうべ墓地へ行きました」と、スタルツェフは切り出した。「あんまり意地の悪い、冷たい仕打ちじゃありませんか……」

「墓地へいらしたの」

「ええ、行きました、二時頃まで待っていました。辛《つら》かったです……」

「もっと辛い目におあいになるといいわ、冗談の分らない方は」

自分に惚《ほ》れている男をみごとにかついでやったこと、しかもこれほど強く愛されていることに気をよくして、エカチェリーナ・イワーノヴナはけらけら笑い出したが、そのときクラブの門のところで馬車が急に曲り、ひどく傾いたので、娘はびっくりして金切り声をあげた。スタルツェフはエカチェリーナ・イワーノヴナの腰を抱いた。娘はびっくりして金切り声をあげた。スタルツェフは我慢できなくなって娘の唇《くちびる》や顎《あご》に熱烈にキスし、いっそう強く抱きしめた。

「やめて」と、娘は素気《そっけ》なく言った。

次の瞬間、馬車の中にもう娘の姿はなく、明るく照らされたクラブの玄関に立っていた巡査が、いやな声でパンテレイモンを叱《しか》りつけた。

「どうしたんだ、この薄のろ。さっさと出さんか！」

スタルツェフは家へ帰ったが、すぐにクラブへ舞い戻った。借りものの燕尾服《えんびふく》を着て、どういうわけか変に突っ張ってカラーからはみ出しそうなごわごわの白ネクタイを締め、真夜中のクラブのロビーに坐ったスタルツェフは、エカチェリーナ・イワーノヴナを相手に夢中で喋《しゃべ》っていた。「ああ、一度も恋をしたことのない人間はなんにも知らないのですね！　恋愛というものを正確に描写した人はいまだかつてなかったんじゃないでしょうか。だいたいこのやさしい喜ばしい悩ましい感情は描写できるものとも思えないし、一度でもこの感情を味わった人はそれを言葉で伝えようとはしないでしょう。序文だとか描写だとか、そんなものが何になります。美辞麗句が何の役に立ちます。私の恋は測り知れないのです……お願いです、後生ですから」と、スタルツェフは遂《つい》に切り出した。「私の妻になって下さい！」

「ドミートリー・イオーヌイチ」と、エカチェリーナ・イワーノヴナは少し考えてから、ひどくまじめな顔をして言った。「ドミートリー・イオーヌイチ、そうおっしゃっていただくのはとてもありがたいと思いますし、私あなたを尊敬してもおりますけど、でも……」娘は立ちあがり、立ったまま言葉を続けた。「でも、ごめんなさい、あなたの奥さんになることは私にはできないわ。まじめにお話ししましょう。ドミートリー・イオーヌイチ、御存知でしょうけど、私、この世の中で何よりも芸術を愛しています。気が狂うほど音楽を愛し、崇拝しています。音楽に自分の一生を捧《ささ》げてしまったんです。私、音楽家になりたいの。名声や、成功や、自由が欲しいの。それなのにあなたは、私がこの町で生活を続けることをお望みなのね。こんなに空虚で無駄《むだ》な生活を、私にはもう耐えがたくなっている生活を続けることをお望みなのね。奥さんになるなんて――ああ、いやだわ、まっぴらだわ！　人間はより高い輝かしい目的をめざして進まなければならないのに、家庭生活は私を永久に縛りつけてしまうに決っています。ドミートリー・イオーヌイチ（「ドミートリー・イオーヌイチ」と発音したとき「アレクセイ・フェオフィラークトィチ」を思い出したので娘は微《かす》かにほほえんだ）、ドミートリー・イオーヌイチ、あなたはやさしくて上品で賢い方ですわ、だれよりも立派な方です……」娘の目に涙があふれた。「私、心からあなたに同情しますけれど、でも……でも、分って下さいますわね……」

そして泣き出すまいとして顔をそむけ、娘はロビーから出て行った。

スタルツェフの心臓の不安な高鳴りが急にやんだ。クラブから通りへ出ると、スタルツェフはまっさきにごわごわのネクタイをもぎとり、胸いっぱいに溜息《ためいき》をついた。いくぶん恥ずかしく、自尊心も傷ついていたし──拒絶されようとは思っていなかったので──おまけに自分の夢、悩み、希望の一切が、まるで素人芝居《しろうと》のつまらぬ台本にでもあるような、こんな馬鹿《ばか》げた結末を招いたことが信じられなかった。そして自分の気持が、自分のこの恋が不憫《ふびん》でならず、その不憫さのあまりいきなりわっと泣き出すか、さもなければ蝙蝠傘《こうもりがさ》でパンテレイモンの幅広い背中を力一杯どやしつけてやりたかった。

三日ばかりスタルツェフは仕事が手につかず、食事もしなければ眠りもしなかったが、エカチェリーナ・イワーノヴナが音楽学校へ入るためにモスクワへ行ったという噂《うわさ》を聞いて、やっと落着きを取戻し、元の生活に返った。

その後、自分が墓地をさまよったり、町中かけずりまわって燕尾服《えんびふく》を探《さが》したことを時たま思い出すと、だるそうに伸びをして言うのだった。

「いや、御苦労なことだったよ、全く！」

4

四年経《た》った。今ではもう町にもスタルツェフは大勢の患者を持っていた。毎朝、ジャリージの病院で大急ぎで診察をすませると、町へ往診に行くのだが、その馬車ももう二頭立てではなく鈴のついた三頭立ての馬車であり、家に帰るのはいつも夜遅くだった。体《からだ》はすっかり肥えてしまったし、喘息《ぜんそく》を病んでいたので歩くのが億劫《おっくう》だったのである。パンテレイモンもやはり肥《ふと》って、体が横に拡《ひろ》がれば拡がるほどますます悲しそうな溜息をつき、馭者《ぎょしゃ》の仕事は災いの元さ！　と自分の辛《つら》い運命を嘆くのだった。

スタルツェフは方々の家に出入りし、大勢の人と顔を合わせたが、だれとも深くは交際しなかった。町の住人たちの会話や人生観、更にはその風采《ふうさい》さえもが、スタルツェフをいらいらさせるのだった。経験によって少しずつ学んだことだが、この市民というものはトランプや飲み食いの相手としては穏やかで温厚で頭も決して悪くない人間なのだが、何か食べもの以外の話、たとえば政治や科学の話を始めるや否や、たちまち言葉に詰ってしまうか、さもなければ、こちらが呆《あき》れて逃げ出すような愚鈍で残酷な哲学を振りまわし始めるのである。たとえばスタルツェフが或る自由主義的な市民と話したときですら、人類はありがたいことに進歩しているからやがては旅券だの死刑だのというものはなくてもすむようになるだろうと言うと、その市民は横目でけげんそうにスタルツェフを眺《なが》めて、「とおっしゃると、つまりその場合、往来でだれでも相手構わず斬《き》って捨ててもいいわけですね」と尋ねたものである。またスタルツェフが社交界の夕食やお茶の席で、人は働かなければいけない、働かずには生きていけないと言うと、みんなはそれを非難と取って腹を立て、しつこく議論をふっかけてくるのだった。そのくせ、この市民連中は何一つ、全く何一つせず、いかなるものにも興味を示さないのだから、この連中を相手に何の話をしたものやら、とんと見当がつかなかった。そこでスタルツェフは会話を避けて、もっぱら飲み食いとヴィント遊びに精を出し、たまたまどこかの家庭のパーティにぶつかって食事に招待されたときも、席について皿を見つめながら黙々と食べるのだった。そんな場合に出る話といったら、ことごとく面白くもない偏《かたよ》った愚かしい話ばかりなので、スタルツェフは苛立《いらだ》ちを感じ、興奮するのだが、あくまでも沈黙を守り、こうしていつもむっつり黙りこんで皿を睨《にら》んでいるために町ではスタルツェフのことを「気むずかし屋のポーランド人」と綽名《あだな》していた。スタルツェフがポーランド人だったことは一度もないのだが。

芝居とか音楽会とかいう娯楽から遠ざかっていた代りに、ヴィント遊びは毎晩三時間もぶっつづけにやって大いに楽しんだ。スタルツェフにはもう一つ、知らず知らずのうちに深みにはまりこんでしまった娯楽があったが、それはつまり毎晩ポケットから診療で稼《かせ》いだ紙幣を引っ張り出してみることで、香水や酢や抹香《まっこう》や肝油の匂《にお》いのしみこんだ黄色や緑の紙幣は、方々のポケットから掻《か》き集めると時には七十ルーブリにもなることがあった。それが溜《た》まって数百ルーブリになると、相互信用組合へ持って行き当座預金へ振りこむのだった。

エカチェリーナ・イワーノヴナが発《た》ったあとの四年間に、トゥルキン家へ行ったのはたった二度だけで、それは相変らず偏頭痛の治療を続けているヴェーラ・ヨシフォヴナに呼ばれたのであった。エカチェリーナ・イワーノヴナは毎夏、両親の家へ帰省していたが、スタルツェフは一度も逢《あ》っていなかった。なんとなくその機会がなかったのである。

だが、とにかく四年経った。ある穏やかな暖かい朝のこと、病院に手紙が届けられた。それはヴェーラ・ヨシフォヴナからドミートリー・イオーヌイチに宛《あ》てた手紙で、あなたがお見えにならないので淋《さび》しい、ぜひいらして私の苦しみを和らげて欲しい、ちょうど今日は私の誕生日にもあたりますので、と書いてあった。その下に添え書があった。『ママのお願いに私も加わります、仔猫《こねこ》より』

スタルツェフは少し考えたが、夕方になるとトゥルキン家へ行った。

「ああ、はい、こんにちは！」と、目だけで笑いながらイワン・ペトローヴィチが出迎えた。「ボンジュールです」

ヴェーラ・ヨシフォヴナはめっきり老《ふ》け、髪も白くなっていたが、スタルツェフの手を握ると、わざとらしい溜息《ためいき》をついて言った。

「もう私を口説く気はおありにならないのね、先生、ちっともお見えにならないのですもの。私はもうお婆さんですわね。でも今ちょうど若いのが来ていますから、そちらのほうがおよろしいかしら」

さて、その仔猫ちゃんは？　前よりも痩《や》せて、蒼白《あおじろ》くなり、均整のとれた美人になっていた。だがこれはすでにエカチェリーナ・イワーノヴナであって、仔猫ちゃんではなかった。かつての新鮮さや、子供っぽい無邪気な表情は失《う》せていた。まなざしにも身のこなしにも何か今までにはない——おどおどした、うしろめたそうなところがあり、まるでこのトゥルキン家にいながらわが家にいる心地《ここち》がしないといった様子だった。

「ずいぶんお久しぶりですわ！」と、スタルツェフに手をゆだねながら娘は言ったが、その胸の動悸《どうき》がはげしくなっていることはありありと見えた。そして物珍しげにスタルツェフの顔をまじまじと見ながら、娘は言葉を続けた。「なんてお肥《ふと》りになったんでしょう！　日に焼けて、男らしくおなりですけど、でも全体にはあまりお変りになりませんのね」

今でもこの娘をスタルツェフは好きだった。非常に好きだったが、すでに何かしら足りないものの、あるいは何か余分なものがあって——それが何なのかは判然としなかったが、とにかく何かが邪魔になって、スタルツェフは昔のような感情を抱《いだ》くことができなかった。娘の顔色の蒼白さや、前にはなかった表情や、弱々しい微笑や、声が気に入らなかったし、少し経つと、服や、娘が坐《すわ》っている椅子までも気に入らず、あやうくこの娘と結婚するところだった過去の思い出も気に入らなかった。四年前に胸をかきみだした恋を、夢や希望を思い出して、スタルツェフはきまりが悪くなった。

一同は甘いピローグでお茶を飲んだ。それからヴェーラ・ヨシフォヴナが小説を朗読し、その現実にはありえない物語を読む夫人の美しい白髪の頭を眺《なが》めながら、スタルツェフは朗読が終るのを待っていた。

『無能だというのは』と、スタルツェフは思った。『小説を書けない人のことではなく、書いてもそのことを隠せない人のことだ』

「わりに良きですな」と、イワン・ペトローヴィチが言った。

それからエカチェリーナ・イワーノヴナがピアノを永いこと騒々しく弾《ひ》き、それがすむと、みんなは永いことお礼を言ったり褒《ほ》めたりした。

『この娘と結婚しなくてよかった』と、スタルツェフは思った。

娘はこちらを眺め、どうやら庭へ行こうと誘ってもらいたそうだったが、スタルツェフは黙っていた。

「少しお話をしません？」と、娘は近づいて来て言った。「いかがお暮しですの。その後どうなさいまして？　この頃あなたのことばかり考えていましたのよ」と、神経質に娘は話しつづけた。「お手紙を差上げようか、自分でジャリージへ伺おうかと思って、とうとう伺うことに決めたんですけど、また思い直しましたの――だって今のあなたが私のことをどう思ってらっしゃるのか分りませんものね。今日は本当にわくわくしながらお待ちしていましたわ。ね、お願い、庭へ行きましょう」

二人は庭へ行き、四年前のように古い楓《かえで》の木の蔭のベンチに坐った。あたりは暗かった。

「ほんとにいかがお暮しですの」と、エカチェリーナ・イワーノヴナは尋ねた。

「ええ、まあ、なんとか」と、スタルツェフは答えた。

それ以上の答えは何一つ考え出せなかったのである。少しの間、沈黙が続いた。

「私、興奮しているみたい」と、エカチェリーナ・イワーノヴナは言い、両手で顔を覆《おお》った。「でも気になさらないでね。家に帰って、いろんな方にお逢《あ》いできるのがとても楽しくて、まだこの生活に馴《な》れていませんの。ほんとに思い出ばかり！　あなたとお逢いしたら一晩中でも話しつづけることになるかしらと思っていましたわ」

今すぐそばに娘の顔や輝く瞳《ひとみ》を見ていると、部屋の中にいたときよりもこの暗闇《くらやみ》で見るほうが若々しく感じられ、かつての子供らしい表情が戻ってきたようにさえ思われた。本当に、娘はあどけない好奇の目でスタルツェフを見つめていた。いつぞや自分をあれほど熱烈に、あれほどやさしく、あれほど不運にも愛してくれた男を、もっと近くで眺め、その気持を理解したいとでもいうように。その恋ゆえに、娘の目はスタルツェフに感謝していた。するとスタルツェフは、墓地をさまよったことや、そのあと明け方近くへとへとに疲れて家に帰ったことなど、あの頃の一切を事細かに思い出して、急に物悲しくなり、過去がいとおしくなった。心の中でともしびが燃え始めた。

「ところで、クラブの舞踏会へお送りしたときのことを覚えておられますか」と、スタルツェフは言った。「あのときは雨降りで、暗かった……」

心の中のともしびはますます燃えあがって、なんだか無性に喋《しゃべ》りたくなり、愚痴をこぼしたくなった……

「いやどうも！」と、溜息まじりにスタルツェフは言った。「私の暮しのことをお尋ねでしたね。ここの暮しときたらどうでしょう。とても暮しなどと言えたものじゃない。だんだん老《ふ》けて、肥って、衰えるだけです。昼があって夜があって、一昼夜が過ぎて、ただぼんやりと、なんの感銘もなく、何を思索するでもなく人生が過ぎて行きます……昼間は稼《かせ》いで、夜はクラブで、カルタ気違いやアル中や喘息《ぜんそく》持ちなどという我慢ならぬ連中と付き合うだけです。なんの良いことがあるものですか」

「でもあなたにはお仕事が、尊《とうと》い人生の目的がおありですわ。御自分の病院の話をなさるのがお好きでしたわね。あの頃の私は少しどうかしていて、自分のことを大ピアニストだと思っていました。今ではどこのお嬢さんでもピアノを弾きますわ。私も人並みに弾いただけで、特別の才能は全然なかったんです。私のピアノなんて、母の小説と同じことよ。それで、もちろん、あの頃の私はあなたを理解できませんでしたけど、その後、モスクワでよくあなたのことを考えました。あなたのことばかり考えていたんです。本当に仕合せなことですわ、郡会のお医者様になって、苦しんでいる人を救ったり、民衆に奉仕したりするのは。仕合せなことですわ！」と、エカチェリーナ・イワーノヴナは夢中になって繰返した。「モスクワであなたのことを考えるたびに、理想に燃えた気高い方のように思えて……」

スタルツェフは毎晩ほくそ笑《え》みながらポケットから取出している紙幣のことを思い出し、すると心の中のともしびが消えた。

家の中へ入ろうと、スタルツェフは立ちあがった。娘はスタルツェフの手を握った。

「あなたは私がこれまでに知り合ったなかで一番立派な方ですわ」と、娘は続けて言った。「またお逢いしてお話ししましょうね。約束して下さいな。私はピアニストではありませんし、自分のことでもうあれこれ迷ったり致しません。あなたの前ではピアノも弾きませんし音楽の話もしませんわ」

家に入って夜のあかりの下で娘の顔を見、その悲しげな感謝に満ちた探るような目が自分に向けられているのを見たとき、スタルツェフは不安を感じ、又もや思った。『あのとき結婚しなくてよかった』

スタルツェフは別れの挨拶《あいさつ》をし始めた。

「夕食もせずに帰ってよいとは、いかなるローマ法にも書いてない」と、見送りながらイワン・ペトローヴィチは言った。「それはいかにも垂直的なやり方ですな。じゃ、ひとつ演《や》ってごらん！」と、玄関に出て来たパーヴァに主人は言った。

パーヴァはもう少年ではなく髭《ひげ》を生《は》やした青年になっていたが、ポーズをとり、片手を高く挙げて悲劇役者の調子で言った。

「死ねよ、幸《さち》薄き女《おみな》よ！」

こうしたことは何から何までスタルツェフを苛立《いらだ》たせた。馬車に乗るとき、かつては自分にとってあれほど心なごむ大切なものだった暗い家や庭を眺《なが》めて、スタルツェフは一瞬すべてを――ヴェーラ・ヨシフォヴナの小説を、仔猫ちゃんの騒がしい演奏を、イワン・ペトローヴィチの洒落《しゃれ》を、パーヴァの悲劇のポーズを――思い出し、町中で一番才能があるといわれた連中がこんなに無能なら、この町というのは一体どういうものなんだろうと思った。

三日後に、パーヴァがエカチェリーナ・イワーノヴナの手紙を届けて来た。『もうお見限りになったのかと心配です。とても心配で、そんなことを考えるだけで恐ろしくなります。私を安心させて下『お見えになりませんのね。どうしてでしょう』と娘は書いていた。

さいませ。おいでになって、べつに異常はないとおっしゃって下さい。ぜひお話ししたいことがありますの。あなたのE・I』

この手紙を読み、少し考えてから、スタルツェフはパーヴァに言った。

「なあ、きみ、今日は忙しくて伺えませんと伝えてくれ。行くとしても、そうだな、三日ばかり後になるとね」

だが三日経ち、一週間経っても、依然として行かなかった。ある日、トゥルキン家のそばを通ったとき、ちょっと顔を出して来なければと思い出したが、少し考えて……結局寄らなかった。

そして以後はもう二度とトゥルキン家を訪《たず》ねなかった。

5

更に数年経《た》った。スタルツェフはいっそう肥えて脂《あぶら》がつき、苦しそうに息をして、今ではもう反《そ》っくりかえらないと歩けない。むっちり肥った赤ら顔のスタルツェフが鈴つきの三頭立て《トロイカ》に乗り、同じくむっちり肥って赤ら顔で、うなじの肉が盛りあがったパンテレイモンが馭者台《ぎょしゃだい》に坐《すわ》り、まるで材木のような腕をまっすぐ前に突き出して、行き交う人々に「右へ寄れエ！」と叫ぶさまは、まことに凄《すさ》まじい光景で、乗って行くのは人間ではなく異教の神か何かのように見える。町に持っている患者の数は大変なもので、息つく暇もないほどであり、すでに領地もあれば町に二軒の持ち家もあるというのに、スタルツェフはもう一軒、更に収入になりそうな家を物色中であって、相互信用組合でどこかの家が競売に付されるという噂《うわさ》を聞くと、遠慮会釈なくその家へ押しかけ、部屋から部屋へと歩きまわり、驚き怖《おそ》れてそれを眺める下着姿の女や子供にはお構いなく、一々ドアからステッキを突っこんで言う。

「ここは書斎か？　ここは寝室か？　ここは何だ？」

そう言いながら苦しそうに息をつき、額の汗を拭《ぬぐ》うのである。

用事が山ほどあるくせに、郡会医の地位を手放そうとはしない。欲のとりこになって、あちらもこちらも立てようとする。ジャリージでも町でも、呼び名は単なるイオーヌイチである。「イオーヌイチがどこへ行くんだろう」とか「立会い診察にイオーヌイチを呼ぼうか」といったふうに。

喉《のど》に脂肪がつきすぎたせいだろうか、声が変って、細い甲高《かんだか》い声になった。性格も変化して、気むずかしく怒りっぽくなった。患者を診察するときはおおむね怒っていて、じれったそうにステッキで床を叩《たた》きながら、持ち前の不愉快な声で叫ぶ。

「質問にだけ答えなさい！　お喋《しゃべ》りはやめなさい！」

この男は独身である。生活は退屈で、いかなるものもこの男の興味をひかない。

ジャリージに住むようになってから今日まで、仔猫《こねこ》ちゃんに恋したことがこの男のたった一度の、そしてたぶん最後の喜びであった。毎晩のようにこの男はクラブでヴィントをやり、それから一人で大きなテーブルにむかって夕食をとる。給仕をするのは最古参のイワンというボーイで、いつもラフィット葡萄酒《ぶどうしゅ》の十七番を出す。今ではだれもが――クラブの世話人も、コックも、ボーイも、この男の好き嫌《きら》いを知っていて、お気に召すようにと精いっぱいの努力をする。でないと、この男は急に怒り出して、ステッキで床を叩《たた》き始めるのである。

夕食をとりながら、たまには振向いて他人の会話に割りこむこともある。

「それは何の話かね。え？　だれだって？」

そして近くの食卓でトゥルキン家のことが話題にのぼると、いつもこう尋ねる。

「それはどこのトゥルキン家かね。娘がピアノを弾《ひ》く家か？」

この男の話はこれで終りである。

さて、トゥルキン家の人々は？　イワン・ペトローヴィチは老いを見せず、少しも変らず、例によってしょっちゅう洒落《しゃれ》を言い、一口話をする。ヴェーラ・ヨシフォヴナは相変らず熱心に、きわめてあけっぴろげに自作の小説を客たちに読んで聞かせる。仔猫ちゃんは毎日約四時間ずつピアノを弾く。この娘はめっきり老けて病気がちになり、秋にはいつも母親と一緒にクリミヤへ保養に行く。イワン・ペトローヴィチは二人を駅まで送って行き、汽車が動き出すと涙を拭いながら叫ぶ。

「はい、さようなら！」

そしてハンカチを振る。

往診中の出来事

リャリコフ工場から教授に電報が来た。なるべく早く往診を頼むという。リャリコワ夫人というのは工場の経営者らしかったが、その娘の具合が悪くなったといい、それ以上のことは支離滅裂に綴《つづ》り合わされた長文のその電報からは何一つ分らなかった。そこで教授は自分では行かず、代りに主任医師のコロリョフを往診に出した。

モスクワから二つ目の駅で下り、それから馬車で約四里という道のりだった。駅には三頭立ての馬車がコロリョフを迎えに来ていた。孔雀《くじゃく》の羽根を帽子に飾った馭者《ぎょしゃ》は、何を訊《き》かれても大声で、軍隊風に「違うであります！」とか「そうであります！」とか答えた。土曜日の夕方で、陽《ひ》は沈みかけていた。工場から駅にむかって歩く労働者たちの群れは、コロリョフの馬車にお辞儀をした。両側に点在する地主の屋敷や別荘や白樺《しらかば》など、この物静かな夕べの風景にコロリョフは魅了された。休日の前夜、労働者たちと一緒に、野原も森も太陽も休息の支度《したく》をしているように見えた。休息して、たぶん祈りを捧《ささ》げるのだろう……

モスクワ生れでモスクワ育ちのコロリョフは田舎《いなか》を知らなかったし、工場というものには興味もなければ、足を踏み入れたこともなかった。だが工場について書いたものを読んだことや、工場経営者の家に招待されて経営者と言葉を交わしたことはあった。そこで何かの工場を遠くあるいは近くで見るたびに、見かけはあんなふうに静かで平穏だが、一歩中へ入れば手のつけられぬ無知蒙昧《もうまい》と、始末に負えぬ経営者のエゴイズムと、労働者の健康をむしばむ労働と、喧騒《けんそう》、ウォツカ、油虫、といった状態に違いないと思うのだった。そして今も恐ろしそうに馬車を避けてお辞儀する労働者たちの顔や鳥打帽や歩きぶりに、体《からだ》の不潔さや、深酒や、神経の異常や、無気力を読もうとするのだった。

馬車は工場の門を入った。両側に労働者の住居が見え、女たちの顔や、入口に干してある下着や毛布がちらりと見えた。「どいた、どいた!」と、馬の速度をゆるめずに馭者がどなった。まもなく草の生《は》えていない広い敷地に入り、そこには煙突のある五棟《いつむね》の巨大な工場が互いに適当な距離をおいて並び、ほかに倉庫やバラックがあったが、どの建物もちょうど埃《ほこり》をかぶったように何やら灰色の膜に覆《おお》われていた。ところどころに、砂漠のオアシスのように小さな貧弱な庭があり、管理者たちの住む家々の緑や赤の屋根があった。馭者がふいに馬を制止し、馬車は灰色に塗りかえたばかりの一軒の家の前でとまった。小さな庭には埃をかぶったリラの花があり、黄色い入口の段々はひどくペンキ臭かった。

「どうぞ、先生、お入り下さいませ」と、玄関から女たちの声が聞え、同時に溜息《ためいき》と囁《ささや》きが聞えた。「お待ちしておりました……ほんとにもう困ってしまって……どうぞ、こちらへ」

リャリコワ夫人は年配の肥《ふと》った婦人で、流行の袖《そで》をつけた黒い絹の服を着ていたが、顔つきから判断すればあまり教養のない素朴な女で、心配そうにコロリョフを見つめ、自分から手を差出して握手する勇気もないのだった。夫人と並んで立っていたのは、髪を短く切り、鼻眼鏡をかけ、色模様のブラウスを着た、もう若くはない痩《や》せた女だった。この女性はフリスチーナ・ドミートリエヴナといい、きっと家庭教師だろうとコロリョフは推察した。家中で一番教養のある人間として、この女性は医者の相手をするよう言いつかっていたらしく、すぐに病気の原因を事細かに押しつけがましく述べ始めたのはいいが、肝心の患者がどこのだれで、一体どういうことがあったのかは、なかなか言わないのだった。

医者と家庭教師は椅子に坐《すわ》って話し、その間、この家の女主人は身じろぎもせずにドアのそばに立って待っていた。まもなく相手の話からコロリョフは知ったのだが、患者はリーザという二十歳《はたち》の娘で、これはリャリコワ夫人の一人娘であり遺産の相続人だった。病気はもうだいぶ前からで、いろんな医者に診《み》てもらったのだが、ゆうべは夕方から明け方まで心臓の動悸《どうき》が早くなり、家中の者が眠れなかった。もう死ぬのではないかと思ったほどだという。

「小さい頃《ころ》から病気がちの子でした」と、フリスチーナ・ドミートリエヴナは絶えず片手で唇《くちびる》を拭《ぬぐ》いながら歌うような口調で言った。「先生方はただの神経だとおっしゃいますけど、子供の頃、瘰癧《るいれき》をむりに散らしたことがあって、私はそのせいじゃないかとも思いますけれど」

三人は患者の部屋へ行った。すでに大人《おとな》になりきっている背の高いその娘は、しかし不器量で、母親に似て目が細く、顔の下半分が不釣合いに発達していて、乱れた髪のまま顎《あご》まで毛布をかけているその姿は、初めのうち、お情けでここに匿《かくま》われ保護されている不幸な貧しい娘といった印象をコロリョフに与え、これが五棟の巨大な工場の相続人だとはとても信じられなかった。

「さあ」とコロリョフは言った。「あなたを直しに来ましたよ。こんにちは」

コロリョフは名を名乗り、娘の手を――大きな、冷たい、醜い手を握った。娘は上半身を起し、もう医者には馴《な》れている様子で、むきだしになった肩や胸を少しも気にせず聴診を受けた。

「動悸《どうき》がするんです」と、娘は言った。「一晩中とても恐ろしくて……こわくて死にそうでした！　何かお薬を下さい」

「あげます、あげます！　まあ落着いて」

コロリョフは診察を終え、肩をすくめた。

「心臓はなんともありません」と、コロリョフは言った。「どこにも特に異常は認められませんね。たぶん神経が少し参っていたんでしょうが、それもよくあることです。とにかく発作はもう終ったのですから、あとはよく眠ることですね」

そのとき寝室にランプが運びこまれた。患者は明るい光に目を細めたが、とつぜん両手で頭をかかえて激しく泣き出した。すると不幸な醜い娘という印象は俄《にわ》かに消え、細い小さな目も、粗野に発達した顔の下半分も、もはや気にならなかった。コロリョフが見たのはたいそう知的で感動的な苦悶《くもん》の表情であり、娘の姿全体も均整のとれた、女らしい、素朴なものに見え、もはや薬や医者としての指図によってではなく普通のやさしい言葉でこの娘をなだめたいという気持が涌《わ》き起った。母親が娘の頭を抱きかかえるように引寄せた。年老いた女の顔にはどれほどの絶望が、どれほどの悲しみが現われていたことだろう！　この女は母親として娘に乳を与え、何一つ惜しまずに育て上げ、自分の生活を犠牲にしてまでフランス語やダンスや音楽を習わせ、何十人もの先生につかせ、何人もの有名な医者に診察させ、その間ずっと家庭教師を雇っていたというのに、今なぜこんなに娘が泣くのか、なぜこんなに苦しむのか理解できず、理解できずに途方に暮れ、うしろめたそうな、不安そうな、絶望的な表情をしているのだ。ちょうど、まだ非常に重要な何かを失《な》くしたときのように、あるいは何かを仕残したときのように、さもなければ、だれかを招待するのを忘れたが、それがだれだったか分らなくなったときのように。

「リーザンカ、お前また……お前また……」と、母親は娘を抱きしめて言った。「ねえ、いい子だから、頼むから言ってちょうだい、どうしたの。私を可哀想《かわいそう》だと思って言ってちょうだい」

二人の女はさめざめと泣いた。コロリョフはベッドの端《はし》に腰を下ろし、リーザの手を取った。

「もうおやめなさい、泣く必要がありますか」と、コロリョフはやさしく言った。「そんなに泣かなければならないことは、この世の中に一つもありません。さあ、もう泣かないで、泣く必要はありません……」

だが心の中では思った。

『この娘もそろそろ嫁に行かなければ駄目だな……』

「ここの工場の医者《せんせい》はカリブロマティを処方して下さいましたけど」と、家庭教師が言った。「私が見ていますと、なんだかいっそう悪くなったようです。私の考えでは、心臓の薬でしたらやはりあの……なんて言いましたかしら……薬蘭《はらん》の煎《せん》じ薬《ぐすり》でも……」

そして又もや面倒な細かい話が始まった。この女性はしばしば医者の話の腰を折り、家中で一番教養がある人間としてはのべつ幕なしに医者と話を、それも医学の専門的な話をしなければいけないと思い定めてでもいるように、その顔には努力の色が現われているのだった。

コロリョフは退屈になった。

「特に悪い所は見当りません」と、寝室から出ると、母親にむかってコロリョフは言った。「もし工場の医者《せんせい》が娘さんを診《み》ているのでしたら、その治療をお続けになって下さい。今のところ正しい治療のようですから、特に医者を替える必要はないと思います。替えても何にもなりませんよ。よくある病気で、危険なところは少しもないのですから……」

手袋をはめながらコロリョフはゆっくりとそう言い、リャリコワ夫人は固くなって突っ立ったまま、泣きはらした目で医者を見つめた。

「十時の汽車まで、あと三十分です」と、コロリョフは言った。「乗り遅れないようにしたいと思いますが」

「お泊りになっていただけません？」と夫人は言い、再び涙が頬《ほお》を伝って流れた。「勝手を申してすみませんけど、お願いですから……お願い致します」と、娘の寝室のドアを気にしながら、低い声で夫人は続けた。「お泊りになって下さい。あの子は一人ぼっちで……一人娘だもので……ゆうべも心配で心配で、私の寿命まで縮まるようでした……お帰りにならないで下さい、お願いします……」

モスクワでは山ほどの仕事が待っているし、家では家族が待っているのだ、とコロリョフは言いたかった。泊る支度《したく》もして来なかったのに他人の家で一晩を過すのはいかにも気が重かったが、老女の表情を見て、コロリョフは溜息《ためいき》をつき、何も言わずに手袋をぬぎ始めた。

医者のために広間と客間のすべてのランプや蠟燭《ろうそく》に火がともされた。コロリョフはピアノの椅子に坐り譜面をぱらぱらめくってみてから、壁の風景画や肖像画を眺《なが》めた。油絵具で描かれ、金の額縁に入れられた風景画は、クリミヤの景色とか、嵐《あらし》の海を進む小舟とか、盃《さかずき》を手にしたカトリックの司祭とかだったが、どれもこれも無味乾燥であり、きれいに仕上げてあるだけで才能のかけらも見当らなかった……肖像画にも一枚として美しい顔、面白い顔は見えず、どの人物も頰骨が高くて、びっくりしたような目をしているのだった。リーザの父親のリャリコフは額が狭く、自己満足そのものといった顔つきで、気品に欠けた大きな体《からだ》に着用した制服は袋のように見え、胸には勲章と赤十字記章を付けていた。貧しい文化。部屋の飾りつけもこの制服と同じように何がなし窮屈で、行き当りばったりの感じがあった。床はあまり光りすぎて苛立《いらだ》たしかったし、シャンデリヤも苛立たしく、どういうわけか、勲章を頸《くび》にぶらさげて風呂屋へ行った商人の話が思い出されるのだった……

玄関から囁《ささや》き声が聞え、どこからか低い鼾《いびき》の音が聞えた。と、突然、コロリョフがいまだかつて聞いたことのないような、鋭い、断続的な、金属的な、得体の知れない音が工場の方から響いてきた。その音はコロリョフの心に奇妙な、不愉快な印象を与えた。

『こんな所には絶対に住めないな……』と医者は思い、再び楽譜を眺め始めた。

「先生、お食事をどうぞ！」と、家庭教師が低い声で呼んだ。

コロリョフは食事をしに行った。大きなテーブルには前菜《ザクースカ》や葡萄酒《ぶどうしゅ》が豊富に並んでいたが、食事をするのはコロリョフとフリスチーナ・ドミートリエヴナの二人だけなのだった。家庭教師はマデーラ葡萄酒を飲み、せかせかと前菜をつまみ、鼻眼鏡ごしに医者を見ながら言った。

「労働者は私たちのやり方にとても満足していますわ。毎年クリスマスには工場でお芝居をやって労働者たち自身が舞台に立ちますし、幻燈と朗読の夕べもありますし、喫茶室も立派なのがあって、もう至れり尽せりです。私たちはとても信頼されていまして、リーザンカの具合が悪くなったことが知れ渡ると、労働者たちは祈禱師《きとうし》を呼んでくれたりしましたの。教養のない人たちにも情《じょう》はありますのね」

「お宅には男手がないようですね」と、コロリョフは言った。

「そうなんです。ピョートル・ニカノールイチは一年半ばかり前に亡《な》くなって、私たちだけになりました。そんなわけで三人暮しですの。夏の間はここで暮して、冬にはモスクワのポリャンカへ参ります。私はもう十一年も一緒に暮しておりますから、家族同様ですわ」

夕食には蝶鮫《ちょうざめ》と、チキン・カツと、砂糖漬果実《コンポート》が出た。葡萄酒はフランス製の高価なものばかりだった。

「どうぞ、先生、御遠慮なさらずに」と、フリスチーナ・ドミートリエヴナは言い、食べながらしきりに拳《こぶし》で口を拭《ふ》いた。この女性がここの暮しに満足しきっていることは明白だった。「どうぞ、おあがりになって下さい」

夕食がすむと、医者はベッドの支度のすんだ部屋へ案内された。だがコロリョフはまだ眠くなかったし、部屋の中は蒸し暑く、ペンキの匂《にお》いがこもっていた。そこで外套《がいとう》を着て外へ出た。

戸外は涼しかった。もう東が白みそめ、湿っぽい大気の中に五棟の工場とその長い煙突や、バラックや、倉庫のかたちがくっきりと浮んでいた。休日なので工場の窓は暗かったが、一棟だけ、まだ炉を焚《た》いていて、二つある窓は赤黒く光り、煙突からは煙と一緒にときたま火花が飛んでいた。遙《はる》か遠くでは蛙《かえる》が啼《な》き、鶯《うぐいす》が歌っていた。

工場や、労働者たちが眠っているバラックを眺めるうちに、コロリョフはいつも工場を見るたびに考えることを又もや考えていた。労働者の素人芝居《しろうと》も、幻燈も、診療所も、いろんな待遇改善も結構だが、それにしても今日駅から来る途中でコロリョフが見た労働者たちは、彼が幼い頃、まだ労働者の芝居も待遇改善もなかった時代に見た労働者たちと見かけは少しも変っていなかった。コロリョフは医者として、根本原因が分らない不治の慢性疾患を正しく診断するときのように、この工場というものもやはり一つの不可解な現象であって、その原因は不明であり排除できないのだと見ていた。したがって工場生活の改善は余計なこととは思わないが、それはどこか不治の病の治療に似ているような気がした。

『この工場もまさしく一つの不可解な現象だ……』と、赤黒い窓を見ながらコロリョフは思った。『千五百人から二千人もの労働者たちが不健康な環境で、休息もとらずに粗悪な更紗《さらさ》を作り、食うや食わずの生活を続け、その悪夢から醒《さ》めるのは時たま居酒屋で酔っぱらうときだけだ。そして百人ばかりの人間たちはその労働を監視し、その百人の全生涯は罰金を取ったり、罵《のの》ったり、労働者たちに不当な仕打ちをしたりすることに費やされる。そしてほんの二人か三人の、いわゆる御主人《ごしゅじん》が全く働かずに、しかも粗悪な更紗を軽蔑《けいべつ》しながらその利益を享受する。しかし、どんな利益をどんなふうに享受しているというのだろう。リャリコワとその娘は明らかに不幸で、直視できないほど哀れな存在だ。満足しきって暮しているのは、あの鼻眼鏡をかけた愚かなオールドミスのフリスチーナ・ドミートリエヴナだけではないか。とすれば、この五棟の工場が操業し、東方の市場で粗悪な更紗が売りに出されるのは、ただただフリスチーナ・ドミートリエヴナに蝶《ちょう》鮫《さめ》を食わせ、マデーラ葡萄酒《ぶどうしゅ》を飲ませるためなのだということになる』

出しぬけに、夕食前にコロリョフが聞いたのと同じ奇妙な音が響きわたった。工場の一棟のあたりでだれかが金属の板を叩《たた》いているのだった。叩くや否や板を手で抑《おさ》えるので、短い、鋭い、濁った、「デル……デル……デル……」というような音になった。それから三十秒ほど静寂があり、別の棟のあたりで同じように断続的で不愉快な、だがもう少し低い、「ドリン……ドリン……ドリン……」という音が聞えた。十一回。これは夜警が十一時を知らせているのに違いない。

第三の棟では「ジャク……ジャク……ジャク……」という音になった。こうして五棟ぜんぶが終ると、次にバラックや門のあたりでも聞えた。夜の静けさの中でこれらの音を発したのは、赤黒い目をもつ怪物であるかのように思われた。ここで経営者と労働者の両方を支配し、両者を同じように欺いている悪魔。

コロリョフは工場の敷地から野原へ出た。

「だれだ！」と、門のところで乱暴な声が叫んだ。

『まるで監獄だ……』とコロリョフは思い、返事をしなかった。

野原へ出ると鶯や蛙の啼《な》き声ははっきり聞え、五月の夜が感じられた。駅の方角からは汽車の騒音が伝わってきた。どこかで雄鶏《おんどり》が眠そうに時を作ったが、それでも夜は静かで、世界は安らかに眠っていた。工場からあまり離れていない所に建築現場があり、建築材料が積み重ねてあった。

コロリョフは板の上に腰をおろして考えつづけた。

『ここで上機嫌《じょうきげん》なのは家庭教師一人で、工場は彼女を満足させるために働いている。だが、それはただそう見えるだけで、彼女はここでは傀儡《かいらい》にすぎないのだ。本当の親玉は悪魔で、ここでは何もかもがその悪魔のために行われているのだ』

そしてコロリョフは信じもしない悪魔のことを考え、振返って、あかりのついている二つの窓を眺《なが》めた。その赤黒い目でコロリョフを見つめているのは悪魔自身であるように思われた。それこそは強者と弱者の関係を作り出し、もはや訂正不可能なひどい間違いを作り出した超自然の力なのだ。弱肉強食は自然の法則だというが、それは新聞記事や教科書の中でのみ理解でき、たやすく頭に入ることであって、日常生活と呼ばれるごった煮の中では、人間関係の織りなす些末事《さまつじ》の絡《から》み合いの中では、それはすでに法則どころか論理的矛盾であるにすぎない。なにしろ強者も弱者も同じように何やら支配的な力、人生の外にある、人間とは無関係な未知の力に屈服して、自分たちの相互関係の犠牲者となって倒れるのだから。コロリョフは板の上に坐ってこんなふうに考えるうちに、その未知の神秘的な魔物が本当に身近かにいて、こちらを見つめているような気分に少しずつとり憑《つ》かれていった。その間にも東の空はますます蒼白《あおじろ》くなり、時は急速に流れていた。あたりに人影もなく、すべてが死に絶えたように見えるこの時刻、夜明けの灰色の空を背景に浮びあがった五棟の工場と煙突は、昼間とは全く違った様相を呈していた。その内部に蒸気機関や発電機や電話があることは全然意識から消え去り、なぜか古代の湖上生活者とか石器時代とかが心に浮び、意識をもたぬ粗暴な力の存在が感じられた……

と再び聞えた。

「デル……デル……デル……デル……」

十二回。それから三十秒間は静まりかえり、次に敷地の反対側から、「ドリン……ドリン……ドリン……」

『恐ろしく不愉快だ！』と、コロリョフは思った。

「ジャク……ジャク……」と、第三の場所で断続的に、鋭く、まるで苛立《いらだ》っているように鳴り始めた。「ジャク……ジャク……」

この十二時の知らせが全部鳴り終るまでには四分ほどかかった。そして静けさが来た。再びあたりのすべてが死に絶えたような静けさ。

コロリョフはなお暫《しばら》く坐っていてから家の中へ入ったが、更に永いこと寝つかれなかった。近くの部屋から囁《ささや》き声や、スリッパの音や、裸足《はだし》で歩く音が聞えた。

『まさかあの娘がまた発作を起したんじゃあるまいな』と、コロリョフは思った。

患者の様子を見てみようと、コロリョフは部屋の外へ出た。どの部屋ももうすっかり明るくなっていて、広間の壁や床では、朝霧の中を抜けてきた弱々しい日の光が震えていた。リーザの部屋のドアはあいていて、娘は乱れた髪のまま、部屋着姿で、ショールにくるまり、ベッドのそばの肘掛椅子《ひじかけいす》に坐っていた。窓の日覆《ひおお》いは下りていた。

「気分はどうですか」と、コロリョフは尋ねた。

「ええ、ありがとうございます」

コロリョフは娘の脈をみてから、額に垂《た》れていた髪の乱れを直してやった。

「眠りませんでしたね」と、コロリョフは言った。「外は春のすばらしいお天気で、鶯が歌っているというのに、あなたは薄暗い部屋に坐って何か考えているんですね」

娘はその言葉に耳を傾けながら、コロリョフの顔を見つめていた。その目は悲しげで、知的で、明らかに娘は医者に何か言いたいのだった。

「いつもこんなふうなのですか」と、コロリョフは尋ねた。

娘は唇《くちびる》を少し震わせて答えた。

「ええ。殆《ほとん》ど毎晩、気分が重苦しくて」

そのとき外で夜警が二時を打ち始めた。「デル……デル……」という音が聞えると、娘は身震いした。

「あの音が気になりますか」と、コロリョフは訊《き》いた。

「分りません。気になるといえば、ここの何から何までが気になります」と、娘は答え、考えこんだ。「何を聞いても不安になります。でも先生のお声には同情がこもっているように聞えました。どうしてでしょう、初めてお顔を見たときから、先生にならなんでも話せると思ったんです」

「どうぞ、話して下さい」

「私の考えを申上げてもいいかしら。私、自分は病気じゃなくて、ただ不安で恐ろしいだけなんだと思います。それはそうなるのが当然じゃないでしょうか。どんな健康な人だって、たとえば強盗が窓の下をうろついていたら、不安にならないわけにはいきません。私、お医者さまにはよく診《み》ていただきますけど」と、自分の膝《ひざ》を見つめて喋《しゃべ》りつづけながら、娘は恥ずかしそうに微笑《ほほえ》んだ。「もちろん私は感謝していますし、治療の効果を否定しようとは思いません、でも私が話したいのはお医者さまとではなくて、親しい人となんです。私を理解してくれて、私が正しいか間違っているかをはっきり言ってくれる親友となんです」

「お友達はいないのですか」と、コロリョフは尋ねた。

「私は一人ぼっちです。母は大好きですけど、でも私は一人ぼっちです。そういう生活ですから仕方ありません……孤独な人間は本をたくさん読みますけど、人と話したり、だれかの話を聞いたりすることは少ないから、人生が神秘的に見えます。孤独な人間は神秘主義者で、いもしない悪魔の姿を見たりするんです。レルモントフのタマーラも孤独だったから悪魔を見たんだと思います」

「あなたも本をたくさん読みますか」

「ええ、だって朝から晩までずっと暇ですから。でも昼間一所懸命読んでも、夜になると頭の中はからっぽです。ちゃんとした考えの代りに何か影みたいなものが見えるだけです」

「夜になると何かが見えたりするのですか」と、コロリョフは尋ねた。

「いいえ、ただそう感じるだけですけど……」

娘はまた微笑み、目を挙《あ》げて、悲しそうな知的な目つきで医者を見つめた。この娘は私を信用している、まじめな話をしたがっている、私と同じように考えている、とコロリョフは思った。だが娘は黙っていた。それは医者が話し出すのを待っているのかもしれなかった。

娘に何を言うべきかは明白だった。この娘は五棟の工場と、もしも多額の財産があるとすれば、その財産とを、なるべく早く捨てなければいけない。夜な夜な見つめるあの悪魔と手を切らなければいけない。娘自身もそう考え、ただ信用のおける人間がその考えを支持してくれるのを待っているのだった。そのこともまた明白だった。

だが、それをどう言ったらいいのか、コロリョフには分らなかった。死刑囚にむかって、なぜ死刑の判決を受けたのかとは訊きにくいものである。同様に、大金持にむかって、なんのためにそんなにたくさんの金を持っているのか、なぜ財産の使い方がそんなに下手《へた》なのか、それが自分の不幸の源だと分っているのになぜ捨てないのか、とはなかなか言いにくい。そんな話を始めれば、話はきまって照れくさい、間のわるい、長たらしいものになるのである。

『どう言おう？』と、コロリョフは思い悩んだ。『そもそも何かを言う必要があるのだろうか』

そこでコロリョフは言いたいことを直接的にではなく、遠回しに喋《しゃべ》り始めた。

「あなたは工場の所有者、莫大《ばくだい》な財産の相続者という立場にあって不満であり、御自分の権利を信じず、夜も眠れないでおられるけれども、それはもちろん、現状に満足しきって、夜はぐっすり眠り、何もかもこれでいいのだと思っていることよりずっと良いのです。あなたの不眠症は尊敬すべき不眠症であって、何はともあれ、それはいい徴候なのです。実際、今私たちがしているような話は、私たちの両親の世代では考えられなかったことですからね。昔の人たちは夜はお喋りをせずにぐっすり眠ったものですが、私たちの世代はろくに眠らずに思い悩み、お喋りをし、自分たちが正しいかどうかということばかり考えている。しかし私たちの子供や孫の時代になったら、そういう問題は――自分たちが正しいか否かという問題は、すでに解決されているでしょう。子供や孫たちは私たちより目がよく見えるようになるでしょう。あと五十年も経《た》てば、暮しは良くなりますよ。私たちがその時代まで生きながらえないだろうことが口惜《くや》しいだけです。未来を覗《のぞ》けたら、どんなに面白いか」

「子供や孫たちはどういうことをするのかしら」と、リーザが尋ねた。

「さあ……きっと、すべてを投げ出して、行ってしまうでしょう」

「行ってしまうって、どこへ？」

「どこへ？……どこへでも行くでしょう」と、コロリョフは言い、笑った。「良い人間、知的な人間なら、行けない所は一つもありません」

医者は時計を見た。

「ところで、もう日が昇《のぼ》りました」と、コロリョフは言った。「あなたはもうお寝《やす》みになる時刻です。服をぬいで、ゆっくりお寝みなさい。あなたとお話できて本当に嬉《うれ》しかった」と、娘と握手しながらコロリョフは続けて言った。「あなたは魅力的なすばらしい方です。では、おやすみなさい！」

医者は自分の部屋に戻り、ベッドに入った。

翌朝、馬車の支度《したく》ができたとき、この家の三人は玄関口まで見送りに出てきた。日曜の白い晴着を着て髪に花をさしたリーザは、やつれた、蒼《あお》ざめた顔をしていた。そしてきのうのように悲しげに知的に医者を見つめ、微笑《ほほえ》み、挨拶《あいさつ》しながらも、何か特別のこと、重要なことを彼一人にだけ話したそうな表情だった。雲雀《ひばり》の歌や、教会の鐘の音が聞えた。工場の窓は陽気に光り輝き、コロリョフは工場の敷地を横切って駅に通じる道路へ出たとき、もう労働者のことも、湖上生活者のことも、悪魔のことも忘れて、生活がこの静かな日曜の朝のように明るく喜ばしくなるであろうときのことを、たぶん近い将来に違いないそのときのことを考えていた。そしてこんな春の朝、こうして三頭立ての立派な馬車に乗り、暖かい日の光に包まれることの快さを思った。

かわいい女

退職した八等官プレミャンニコフの娘のオーレンカは、わが家の中庭に下りる小さな段々に腰を下ろして物思いにふけっていた。暑い日で、蠅《はえ》がうるさくつきまとい、もうすぐ夕方だと思うだけでもほっとした。東からは黒い雨雲が押し寄せて、そちらから時たま湿っぽい風が吹いてきた。

中庭のまんなかでは、ここの離れを借りているクーキンという男が空を眺《なが》めていた。この男は遊園地「ティヴォリ」の経営者、兼、演出家だった。

「またか！」と、クーキンは絶望的に言った。「また雨か！　毎日、雨、雨、まるでだれかのいやがらせみたいだ！　これじゃ死刑宣告じゃないか！　破滅じゃないか！　毎日のこの凄《すご》い欠損、どうしてくれるんだ！」

クーキンはぴしゃりと両手を打合せ、オーレンカの方を向いて喋《しゃべ》りつづけた。

「オリガ・セミョーノヴナ、これがわれわれの暮しなんですよ。全く泣きたくなっちまう！　夜の目も寝ずにあくせく働いて、少しでもましなものにしようと考えぬいたあげくがどうです。片やお客は教養がなくて野蛮でしょう。私としちゃ最高のオペレッタや幻想劇や、一流の諷刺《ふうし》タレントを出しているんですが、果してお客にそんなものが必要かどうか。そんなものがお客に分るかどうか。連中に必要なのは見世物なんです！　俗悪なものをあてがっときゃいいんです！　そうして片やこの天気だ。殆《ほとん》ど毎晩、雨でしょう。五月十日に降り始めて、五月、六月とぶっつづけの降りでしょう。こんなべらぼうな話はない！　お客が来なくたって、私は地代を払いますよね？　芸人の給料も払いますよね？」

次の日も、夕方になって雨雲が押し寄せてくると、クーキンはヒステリックに笑いながら言うのだった。

「こりゃ面白い。また降るがいいさ！　遊園地が水びたしになって、おれは溺《おぼ》れちまえばいいんだ！　どうせこの世でもあの世でも仕合せになれないおれだもの！　芸人どもが訴えるなら訴えろ！　裁判がなんだい！　シベリアにだって懲役に行ってやらあ！　断頭台にだって登ってやらあ！　は、は、は！」

そのまた次の日も同様だった……

オーレンカは何も言わずに真剣な顔つきでクーキンの言葉を聴《き》いていたが、その目にときどき涙があふれてくるのだった。とどのつまりはクーキンの不幸に心を動かされて、オーレンカはこの男を愛するようになった。クーキンは背の低い、瘦《や》せた、顔色の黄色い男で、揉上《もみあ》げをきれいに撫《な》でつけ、声は貧弱なテノールで、喋《しゃべ》るときに口をひんまげる癖があった。そして顔にはいつも絶望の色が浮んでいたが、それでもこの男は娘の心に深い真の愛情を呼びさましたのである。オーレンカはいつでもだれかしらを愛さずには生きていかれない女だった。以前には自分の父親を愛していたが、その父親は今病身で、暗い部屋の肘掛椅子《ひじかけいす》に坐《すわ》り苦しそうに息をしている。いつかは叔母さんを愛していたこともあるが、このひとはブリャンスクから年に二度ぐらい出てくるだけだった。それより以前、短期女学校で勉強していた頃《ころ》は、フランス語の先生を愛していたこともある。オーレンカはおとなしくて気立てのいい、情にもろい娘で、穏やかなやさしい瞳《ひとみ》をもち、たいそう健康だった。そのふっくらとしたバラ色の頰《ほお》や、黒子《ほくろ》が一つある白いやわらかな頸筋《くびすじ》や、何か楽しい話に耳を傾けるときその顔に浮ぶあどけない微笑《ほほえ》みを見ると、男たちは『うん、こりゃ悪くない……』と考えて思わずにっこりしたし、女のお客などは我慢しきれなくなり、話の最中にいきなりオーレンカの手を取って、満足のあまり口走るのだった。

「かわいいひと！」

オーレンカが生れたときから住んでいて、父親の遺言状にはオーレンカの名前で登録されているこの家は、町外《はず》れのジプシー村にあり、そこからティヴォリ遊園地は近かった。いつも夕方から夜にかけて、遊園地で奏《かな》でられる音楽やポンポン打ちあげられる花火の音が聞えてきたが、それがオーレンカには、クーキンが自分の運命と戦って、最大の敵——すなわち無関心な観客に突撃していく音のように聞えるのだった。オーレンカの心は甘い悩ましさでいっぱいになって、眠気はどこかへ消えてしまい、やがて明け方近くクーキンが帰ってくると、娘は自分の寝室の小窓を内側からそっと叩《たた》き、カーテンごしに顔と片方の肩をのぞかせながら、やさしく微笑むのだった……

クーキンが申しこみをして、二人は結婚した。オーレンカの頸筋や、肉づきのいい健康そうな肩を目のあたりに見たとき、クーキンは手を打合せて口走った。

「かわいい女だ！」

クーキンは仕合せだったが、結婚式当日もその晩も雨降りだったので、その顔から絶望の色は消えなかった。

結婚後の二人は楽しく暮していた。オーレンカは遊園地の切符売場に坐ったり、遊園地全体の秩序に目を配ったり、出費を帳簿につけたり、給料を渡したりし、そのバラ色の頰《ほお》と、愛らしくあどけない、まるで後光のような微笑みは、切符売場の小窓や、舞台裏や、売店など、到る所にちらちらするのだった。そしてオーレンカは今では知人をつかまえて、この世で一番すばらしいもの、一番大切で必要なものは演劇であり、本当の楽しみを味わい、教養やヒューマニズムを身につけるには芝居を観なければ駄目だ、などと説くのだった。

「でもお客にそれが分るものかしら」と、オーレンカは言った。「お客に必要なのは見世物なのよ！　きのう、うちで『裏返しファウスト』を出したらボックスは殆《ほとん》どがらあきだったけど、ワーネチカと私が何か俗悪なものを出したとするわね、そうすると小屋は大入り満員なのよ。あした、ワーネチカと私は『地獄のオルフェウス』を出すわ、ぜひ見にいらしてね」

そしてクーキンが芝居や役者について言うことを、オーレンカもそのまま繰返すのだった。観客が芸術に無関心であり、教養に欠けていることを、オーレンカは夫と同じように軽蔑《けいべつ》し、舞台稽古《けいこ》にくちばしを入れ、役者の演技を直し、楽士連中の行状を取締り、地方新聞に芝居の悪評が出たりすると泣いてくやしがり、新聞社へ掛合いに行った。

役者たちはオーレンカになついて、『ワーネチカと私』だとか『かわいい女』だとか呼んでいた。オーレンカも役者たちをかわいがって、少しずつなら金も貸してやり、時たま騙《だま》されることがあっても、ひそかに涙をこぼすだけで夫に訴えなどしなかった。

その冬も楽しい暮しは続いた。二人は冬の間中、町の劇場を借り切って、それを短期間ずつウクライナの劇団や、奇術一座や、土地のアマチュア劇団に提供した。オーレンカは肥《ふと》って、満悦の色に光り輝くようだったが、クーキンは痩せて黄色くなり、冬のあいだ事業はうまくいっていたのに凄《すご》い欠損だと言ってこぼすのだった。そして毎晩のように咳《せ》きこむので、オーレンカは木《き》苺《いちご》や菩提樹《ぼだいじゅ》の花を煎《せん》じて飲ませたり、オーデコロンをすりこんでやったり、自分のふかふかのショールにくるんでやったりした。

「ほんとにあなたはすばらしい人ね！」と、夫の髪を撫《な》でながら、嘘偽りなくそう思ってオーレンカは言った。「とってもいい人なのね、あなたって！」

大精進期（訳注　復活祭前の七週間）に、クーキンは劇団の出演交渉のためにモスクワへ出掛けて行き、オーレンカは夫がいないと夜も眠れず、窓ぎわに坐って星を眺め暮した。そしてわが身を雌鶏《めんどり》になぞらえるのだった。鶏小屋《とりごや》に雄鶏《おんどり》がいないと、雌鶏も不安を感じて夜眠らないではないか。クーキンのモスクワ滞在は長びき、復活祭までには帰ると言ってきた手紙にはティヴォリ遊園地に関する指図《さしず》があれこれと書いてあった。だが復活祭一週間前の月曜日の夜遅く、とつぜん門を叩《たた》く不吉な音が響きわたった。だれかが木戸を叩いているのだが、それは樽《たる》でも叩くように、ぼん！　ぼん！　ぼん！　と響くのだった。寝ぼけまなこの料理女が裸足《はだし》で水たまりの水をはねかしながら門をあけに走って行った。

「すみません、あけて下さい！」と、だれかが門の外から陰にこもった低音で言った。「電報ですよ！」

オーレンカは前にも何度か夫から電報を貰《もら》ったことはあったが、このときばかりはなぜか急に気が遠くなるようだった。震える手で電報の封を切ると、次のような文面が目に入った。

『イワン・ペトローヴィチ　ホンジツ　キュウシス」シキョウ　サシズマツ」マエソウハカヨウビ』

こんな具合に、その電報には「マエソウ」だとか、もっとわけの分らぬ「シキョウ」などという言葉が書かれていた。署名はオペレッタ一座の演出家の名前になっていた。

「あなた！」と、オーレンカは激しく泣き出した。「やさしいワーネチカ、いとしいひと！　なぜあなたという人とめぐり逢《あ》ったの。なぜあなたと知り合って、恋をしたんでしょう！　あなたに捨てられて、あとはだれに頼《たよ》れとおっしゃるの。オーレンカはあんまり惨《みじ》めだわ、不幸だわ……」

クーキンは火曜日にモスクワのヴァーガニコヴォ墓地に埋葬された。オーレンカは水曜に帰って来て、自分の部屋に入るや否や、ベッドに身を投げ出して、通りや隣近所に聞えるほどの大きな声で号泣し始めた。

「あのかわいいひとがねえ！」と、近所の女たちは十字を切りながら言った。「かわいいオリガさんが、あれまあ、あんなに悲しんでいる！」

三カ月ほど経《た》った或る日のこと、オーレンカはまだ隙《すき》のない喪服に身を包んで、悲しげに昼のミサから帰るところだった。偶然一緒に並んで歩いていたのは、やはり教会から帰る途中のワシーリー・アンドレーイチ・プストワーロフという近所の男で、この男はババカーエフという商人の材木置場の管理人だった。麦藁帽子《むぎわらぼうし》をかぶって白いチョッキに金鎖など絡《から》ませたその姿は、商人というよりはむしろ地主に似ていた。

「物にはすべて定めというものがあるのです、オリガ・セミョーノヴナ」と、まじめに、同情のこもった声で男は言った。「ですから身内のだれかが死んだとしても、それは神の思召《おぼしめ》しであって、その場合われわれは気をしっかり持って従順に耐え忍ばねばならんのです」

オーレンカを木戸のところまで送ると、男は別れの挨拶《あいさつ》をして先へ歩いて行った。そのあと一日中、オーレンカには男のまじめくさった声が聞え、目を閉じると男の黒々とした顎《あご》ひげがまぶたに浮ぶのだった。この男がたいそう気に入ってしまったのである。そして明らかにオーレンカのほうも相手に強い印象を与えたらしく、その証拠には二、三日経って、あまり親しくもない年《とし》増女《まおんな》がコーヒーを飲みに現われて、テーブルにむかうが早いか、プストワーロフのことを喋《しゃべ》り出し、あの方は頼りになるいい方だ、あの方の所へならどんな女でも喜んでお嫁に行くだろうなどと言ったのだった。三日後に、今度はプストワーロフ自身が訪《たず》ねてきた。男はほんの少しの間、十分間ほど坐っていただけで口数も少なかったが、オーレンカはすっかり惚《ほ》れこんでしまい、その惚れこみ方は尋常一様ではなくて、夜通し眠れずに、まるで熱病にでもかかったように身を焦がし、朝になると年増女の所へ使いを走らせた。まもなく婚約が成立し、それから結婚式が行われた。

結婚したプストワーロフとオーレンカは仲良く暮した。夫のほうはたいてい昼食まで材木置場にいて、それから仕事で外出し、あとはオーレンカが交替して夕方まで事務所に坐り、勘定書を作ったり品物を送り出したりした。

「この頃は材木が毎年二十パーセントも値上りしましてねえ」と、オーレンカは買い手や知人たちに言うのだった。「だってあなた、私どもじゃ以前はこのへんの材木を商っていたんですけど、今はワーセチカが毎年モギリョフ県まで材木を仕入れに行くんですよ。その運賃が高くってて！」と、恐ろしそうに両手で頰《ほお》を抑えて、「その運賃がねえ！」

オーレンカはもうだいぶ前から材木を商いつづけてきたような気になり、人生で最も重要かつ必要なものは材木だと思い、角材、丸太、小割、薄板、木舞《こまい》、垂木《たるき》、桟木《さんぎ》、榑板《くれいた》……などという言葉を聞くと、何やら懐《なつ》かしく、感動するようになった。夜な夜な、夢の中には、山と積まれた薄板や小割、どこか町のむこうへ材木を運ぶ荷馬車の蜿蜒《えんえん》たる行列などが現われた。あるいは直径二十五センチ、長さ八メートルもある丸太の一連隊が直立して堂々と材木置場へ押し寄せるところや、丸太や角材や榑板がぶつかり合って、よく透る乾《かわ》いた木の音を響かせながら、倒れたり起きあがったり、お互いに積み重なり合ったりする夢を見た。オーレンカはうなされて叫び声をあげ、プストワーロフはやさしく言葉をかけた。

「オーレンカ、どうした、お前？　早く十字を切りなさい！」

夫の考えることはすなわちオーレンカの考えることだった。夫が、この部屋の中は暑いとか、この頃商売が暇になったとか言えば、オーレンカもそう思った。夫はおよそ娯楽と名のつくものが嫌《きら》いで、祭日にも外出しなかったが、オーレンカも同様だった。

「いつもお家か、でなきゃ事務所でお仕事なのね」と、知人はよく言うのだった。「たまには芝居かサーカスへいらっしゃれば」

「ワーセチカと私には芝居に行く暇はありませんわ」と、オーレンカはまじめくさって答えるのだった。「仕事が忙しくて、つまらぬ暇つぶしをする余裕はありませんもの。あんな芝居なんて、どこがいいんでしょう」

土曜日ごとにプストワーロフとオーレンカは晩禱式《ばんとう》へ行き、祭日には朝のミサへ出掛け、教会から帰るときはいつも仲良く肩を並べて感動の色を顔に浮べ、二人とも良い香りを発散し、オーレンカの絹の服はさらさらと快い音を立てるのだった。家に帰ると、味つきパンやいろんな種類のジャムを食べながらお茶を飲み、それからピローグを食べた。毎日お昼になると、中庭や門の前の通りにまでボルシチや、羊または鴨《かも》の焼肉のうまそうな香りが漂い、精進日にはそれが魚料理の香《かお》りに変り、食欲をそそられずに門の前を通り過ぎることは不可能だった。事務所でもつねにサモワールが滾《たぎ》っていて、買い手はお茶と輪形パンを御馳走《ごちそう》になった。週に一度、夫婦は風呂《ふろ》屋へ行き、二人とも顔を真っ赤に火照《ほて》らして仲良く一緒に帰ってきた。

「まあなんとか仲良く暮していますわ」と、オーレンカは知人たちに言うのだった。「お蔭さまでね。どなたもワーセチカと私のように暮せたら世の中は平和ですわね」

プストワーロフがモギリョフ県へ材木を仕入れに出掛けると、オーレンカはひどく淋《さび》しがり、夜も眠らずに泣いてばかりいた。ときどき夕方になると、この家の離れを借りている連隊付きの獣医のスミルニンという若い男が遊びに来ることがあった。この男は世間話をしてくれたり、トランプの相手になってくれたりするので、オーレンカも気を紛らすことができた。特に面白いのは、この獣医自身の家庭の事情だった。スミルニンはすでに結婚して息子が一人いたが、細君が浮気をしたので夫婦別れをし、今では細君を憎みながらも息子の養育費として月四十ルーブリを仕送りしていた。この話を聞きながら、オーレンカは何度も溜息《ためいき》をつき、頭を振って、しきりに気の毒がった。

「では、お気をつけてね」と、オーレンカは蠟燭《ろうそく》を持って獣医を階段まで見送りながら言うのだった。「どうもありがとうございました、お退屈だったでしょう。マリア様があなたをお守り下さいますように……」

夫の口真似《くちまね》で、オーレンカは最近とみにまじめくさった分別くさい言葉遣《づか》いをするのだった。そして獣医の姿が階下の扉《とびら》のむこうに消えた途端に、わざわざ呼び戻して、こんなふうに言った。

「ねえ、ヴラジーミル・プラトーヌイチ、あなた奥さんと仲直りなさいな。息子さんのためにも、奥さんを赦《ゆる》しておあげなさい！……お子さんだってきっと何もかも分ってくれるでしょうから」

プストワーロフが帰ってくると、オーレンカは声をひそめて獣医のことや、その家庭の事情を話して聞かせ、二人は溜息をつきつき頭を振りながら、その男の子はきっと父親を恋しがっているだろうなどと話し合い、それから連想は奇妙な方向に屈折して、夫婦は聖像の前で額を床につけ、どうか私どもに子供をお授け下さいと祈るのだった。

こんなふうにプストワーロフ夫妻はひっそりとおとなしく、互いに愛し合い、仲むつまじく六年間暮した。ところがある年の冬、ワシーリー・アンドレーイチは材木置場で熱いお茶をがぶがぶ飲んでから帽子もかぶらず外へ出て材木の送り出しをやり、風邪《かぜ》をひいて寝こんでしまった。

優秀な医者たちが治療にあたったが、病気には勝てず、四カ月わずらったあげくプストワーロフは死んだ。そしてオーレンカはまたしても未亡人になった。

「いとしいあなたに捨てられて、あとはだれに頼れとおっしゃるの」と、夫の埋葬をすませたときオーレンカは号泣した。「あなたがいなくなって、これから私はどう暮したらいいの。あんまり惨《みじ》めだわ、不幸だわ。親切なみなさん、私を不憫《ふびん》と思って下さいな。どこにも身寄り頼りのない私を……」

もう帽子や手袋とは縁を切り、いつも黒い喪服に白い喪章という姿になったオーレンカは、教会や夫の墓へ行く以外には滅多に家を出ず、修道女のように暮しつづけた。そして六カ月経ってようやく喪章をはずし、窓の鎧戸《よろいど》をあけるようになった。時折、昼前に料理女と連れ立って食料を買いに市場へ出掛ける姿が見られたが、オーレンカの最近の暮しぶりや家の中の様子については推理することしかできなかった。その推理の材料となったのは、たとえばオーレンカが自宅の小庭で獣医とお茶を飲んでいて、獣医が新聞を読んで聞かせているところをだれかが目撃したとか、あるいは郵便局で知合いの婦人と出っくわしたオーレンカがこう言ったとかいうことだった。

「この町では家畜の正しい管理が行われていないから、そのために病気が多いのね。牛乳を飲んで具合が悪くなったとか、馬や牛から病気をうつされたとかいう話がしょっちゅうでしょう。家畜の健康ということは、本来は人間の健康と同じくらい気を遣わなくちゃいけないことなのよ」

オーレンカは獣医の言葉を繰返し、今では何事によらず獣医と同じ意見なのだった。愛情なしには一年と暮せないオーレンカが、わが家の離れに新しい幸福を見出《みいだ》したことは明らかであった。

ほかの女なら世間の非難を浴びるに違いないこのことも、オーレンカの場合にはだれ一人として悪く思う者はなく、何もかもが彼女の人生では至極もっともなのだった。オーレンカと獣医は自分たちの間に生じたその変化のことをだれにも話さず、隠そうと努めていたが、それは思い通りにはいかなかった。というのも、オーレンカはもともと秘密を持てない女だったのである。連隊の同僚たちが獣医の所へお客に来ると、オーレンカはお茶や夜食を出しながら、牛疫《ぎゅうえき》だの、家畜の結核だの、市の屠殺場《とさつば》だのと喋《しゃべ》り出し、獣医はすっかり閉口してしまって、客が帰るとオーレンカの手を摑《つか》み、ぷりぷりしながら叱言《こごと》を言った。

「分りもしない話をするんじゃないって、あんなに頼んだじゃないか！　ぼくらが獣医同士で喋っているときは、お願いだから口を出さないでくれよ。こっちは退屈するだけなんだから！」

オーレンカは驚きと不安のまなざしで男を見つめ、尋ね返す。

「ヴォロージェチカ、じゃ私、なんの話をすればいいの」

そして目に涙を浮べて男を抱きしめ、怒らないでと哀願し、二人は仕合せだった。

しかし、この仕合せも永くは続かなかった。連隊がどこかシベリアの近くのひどく辺鄙《へんぴ》な所へ移動し、獣医は連隊と一緒に永遠に立ち去ってしまったのである。そしてオーレンカは一人とり残された。

今度こそ、オーレンカは全くの一人ぼっちだった。父親はとうの昔に亡《な》くなり、父親の肘掛椅《ひじかけい》子《す》は脚《あし》が一本とれて、埃《ほこり》まみれで屋根裏にころがっていた。オーレンカは少し痩《や》せて器量も悪くなり、町で行き会う人たちももう以前のように見惚《みと》れたり、微笑《ほほえ》みかけたりはしなかった。明らかに人生の盛りはすでに背後に過ぎ去って、何やら得体の知れぬ新しい人生が始まりかけていたのだが、それについては考えないことが一番なのだろう。夕方になるとオーレンカは中庭へ下りる段々に腰を下ろし、ティヴォリ遊園地の音楽や花火の音を聞いていたが、それはもはやなんの思いをも呼び起さないのだった。がらんとした中庭をつまらなそうに眺め、なんにも考えず、なんにも望まず、夜がふけると寝床に入って、夢の中でもがらんとした中庭を眺めた。食べたり飲んだりすることさえ、いやいやながらのようだった。

だが何よりも始末が悪かったのは、自分の意見というものが全くなくなってしまったことだった。周囲のさまざまな対象を目では眺め、あたりで起ることをすべて理解はするのだが、何事についても意見をまとめることができず、何を話したらいいのか分らないのである。ところで、なんの意見も持たぬということはなんと恐ろしいことだろう！ たとえば壜《びん》が一本立っているのを、あるいは雨が降っているのを、あるいは百姓が荷馬車に乗って行くのを、ちゃんと眺めていながら、その壜や雨や百姓にどんな意味があるのかは言えない。たとえ千ルーブリ貰《もら》っても何一つ言えないのである。クーキンやプストワーロフが生きていた頃なら、あるいは獣医と一緒だった頃なら、オーレンカはすべてを説明できたし、どんなことについても自分の意見を述べることができたが、今では頭脳の中も、心の中も、中庭と同じようにがらんとしてしまった。そして蓬《よもぎ》を食べすぎたときのように気味が悪く、苦々《にがにが》しいのだった。

町は少しずつ四方に拡《ひろ》がって行った。ジプシー村はすでにジプシー通りと名前が変り、ティヴォリ遊園地や材木置場があった場所には建物が立ち並び、たくさんの横町が生れていた。時の経過のなんという速さだろう！　オーレンカの家は黒ずんで、屋根は銹《さ》び、納屋は傾き、中庭には一面に雑草《ブリヤン》や刺《とげ》のある蕁麻《いらくさ》がはびこった。オーレンカ自身も老《ふ》けこみ、醜くなった。夏には中庭に下りる段々に坐り、冬になると窓ぎわに坐って雪を眺《なが》めるが、心の中は相変らず空虚で、物憂《ものう》く、あの蓬《よもぎ》の後味《あとあじ》がする。そんなとき、ふと春の気配が感じられたり、風が教会の鐘の音を運んできたりすると、俄《にわ》かに過去の思い出が押し寄せてきて、胸が甘く締めつけられ、目から涙がとめどなく流れるが、それは束《つか》の間《ま》のことで、再び空虚が訪れ、なんのために生きているのか分らなくなる。黒猫のブルイスカが体《からだ》をすり寄せてきて、静かに喉《のど》を鳴らしているが、そんな猫の愛《あい》撫《ぶ》はオーレンカの心を動かさない。オーレンカに必要なのはこんなものだろうか。いや、彼女が欲しいのは、自分の全存在を、心と理性のすべてを摑《つか》み、自分に思想を、生活の方向を与え、衰えてゆく血潮をあたためてくれるような一つの愛なのである。そこでオーレンカは黒猫のブルイスカを裾《すそ》から追い払い、いまいましそうに言う。

「あっちへ行きなさい、あっちへ……ここに用はないでしょ！」

こうして日に日が重なり、年に年が重なり——なんの喜びもなければ、なんの意見もありはしない。料理女のマーヴラが言うことならそれでも結構といった調子である。

七月の或る暑い日のこと、夕方近く町の家畜の群れが往来を追われて行き、中庭に埃《ほこり》が立ちこめていたが、突然だれかが木戸を叩《たた》いた。オーレンカは自分であけに出て、相手を一目見るなり気が遠くなった。門の外に立っていたのは、もう髪が白くなり、平服を着た獣医のスミルニンだった。突如としてすべてを思い出したオーレンカはたまりかねて泣き出し、なんにも言わずに獣医の胸に顔を埋め、それからどうやって家の中へ入り、お茶のテーブルに着いたのか、さっぱり分らないほど興奮していた。

「あなたなのね！」と、喜びに震えながらオーレンカは呟《つぶや》いた。「ヴラジーミル・プラトーヌイチ！　一体どういう風の吹きまわしなの」

「この町に落着こうと思ってね」と、獣医は話すのだった。「辞表を出して来たんです。ひとつ自由の身になって、根を下ろした生活をして、自分の運だめしをしなくちゃね。それに息子ももう中学へ入る年頃だし。大きくなったもんだ。実はぼくも、その、女房と縒《よ》りが戻りましてね」

「で今、奥さんはどちらに」と、オーレンカは尋ねた。

「息子と一緒にホテルにいます。ぼくはこうして貸家探しというわけ」

「まあまあ、それだったらこの家にいらっしゃいよ！　この家だってそうそう捨てたもんじゃないでしょ。そう、それがいいわ、家賃なんか一文《いちもん》だっていただきませんから」オーレンカは興奮して、また泣き出した。「ここに住むといいわ、私は離れでたくさんよ。ああ、なんて嬉《うれ》しいんだろう！」

次の日、早速《さっそく》、母屋《おもや》の屋根のペンキ塗りや壁のお化粧が始まり、オーレンカは両手を腰にあてて中庭を歩きまわり采配《さいはい》を振った。その顔にはかつての微笑《ほほえ》みが輝き、全身が生き生きと活気づいた様子は、まるで長い眠りから醒《さ》めた人のようだった。獣医の妻がやって来たが、それは痩《や》せた醜い婦人で、髪を短く切り、いかにもわがままらしい表情を浮べていた。一緒に来たサーシャという男の子は年のわりには小さかったが（もう数えで十歳になっていた）よく肥えていて、澄んだ青い目をして、頬《ほお》にはえくぼがあった。少年は中庭に入るや否や猫を追いかけ始め、すぐに喜びにあふれた陽気な笑い声が響きわたった。

「小母《おば》さん、これ小母さんとこの猫？」と少年はオーレンカに尋ねた。「これがこどもを生んだら、すみませんけど、うちにも一匹ください。うちのママは鼠《ねずみ》が大っ嫌《きら》いなの」

オーレンカは少年を相手に暫《しばら》く話をし、お茶を飲ませたりしたが、まるでその少年は自分の生んだ子ででもあるかのように、とつぜん胸が甘く暖かく締めつけられるのを感じた。そしてその晩、少年が食堂に坐って復習をしているとき、オーレンカは感動と慈愛のまなざしで見つめながら囁《ささや》いた。

「なんてかわいい、きれいな子だろう……私の坊やは、こんなにお悧巧《りこう》に、こんなに色白に生れついたのねえ」

「島とは」と少年は読んだ。「陸地の一部で四方を海に囲まれた所をいう」

「島とは陸地の一部で……」とオーレンカは繰返し、それは沈黙とうつろな思いに明け暮れた長の年月のあと、確信をもって口にした最初の意見であった。

こうして自分の意見というものができたオーレンカは、夕食の席でサーシャの両親を相手に、最近の子供には中学の勉強はむずかしすぎるけれども、それでも古典教育のほうが実用教育よりも優《すぐ》れている、なぜなら中学の卒業生には到る所に道が開けていて、希望次第で医者にも技術者にもなれるから、などと言うのだった。

サーシャは中学へ通い始めた。少年の母親はハリコフの姉の家へ行って、そのまま帰って来なかった。父親は毎日どこかへ家畜の検疫に出掛けて、時には三日も家をあけることがあり、オーレンカは、サーシャが全く見捨てられ、一家の邪魔者扱いされ、飢死にしかかっているような気がしてならなかった。そこで少年を自分の離れへ引取り、小さな部屋をあてがってやった。

こうしてサーシャが離れに住むようになってから半年経《た》った。毎朝オーレンカは少年の部屋へ入って行く。少年は片手に頰をのせて寝息一つたてず、ぐっすり眠っている。オーレンカは起すのが可哀想でならない。

「サーシェンカ」と、オーレンカは悲しそうに言う。「いい子ね、起きなさい！　学校へ行く時間よ」

少年は起きあがり、服を着て、お祈りをして、それからお茶のテーブルにむかう。お茶をコップに三杯飲み、大きな輪形パン二つとバタつきフランスパンを半分食べる。まだ目が醒《さ》めきらないので機嫌《きげん》が悪い。

「ねえ、サーシェンカ、あんたまだ寓話《ぐうわ》の暗誦《あんしょう》ができてなかったでしょう」と、オーレンカは言い、遠い所へ旅立つ人を見送るような目つきで少年を眺める。「ほんとに世話の焼ける子ね。一所懸命勉強しなきゃ駄目よ……先生のおっしゃることをよく聞くのよ」

「ああ、ほっといてよ、お願いだから！」と、サーシャは言う。

それから小さな体に大きな制帽をかぶり、ランドセルを背負って、通りを中学校へと歩いて行く。そのあとをオーレンカがそっとついて行く。

「サーシェンカアアア！」と、オーレンカが呼びとめる。

少年が振向くと、オーレンカは棗椰子《なつめやし》の実かキャラメルをその手に握らせる。中学校のある通りへ曲る頃になると、少年は自分のあとから背の高い肥《ふと》った女がついて来るのが恥ずかしくなり、振向いて言う。

「小母さん、家へ帰ってよ、ぼく、もう一人で行けるから」

オーレンカは立ちどまり、少年が中学校の入口に消えるまで瞬《まばた》きもせずに見送る。ああ、どれほどこの子を愛していることだろう！　今までにこれほど深い愛情を感じたことは一度もなかったし、自分の中で母性的な感情がますます強く燃え始めている現在ほど打算ぬきで、欲も得もなく、しかもこれほど喜ばしく心が魅了されたことは一度もなかった。血の繋《つな》がりのないこの少年のためなら、その頬のえくぼや制帽のためならば、オーレンカは感動の涙を流しながら喜んで自分の命を捨てるに違いない。なぜだろう。そのわけが一体だれに分るだろうか。

サーシャを中学校へ送ってしまうと、満足して、安らかな気持で、胸いっぱいの愛情を感じながら、静かに家路につく。この半年で若返った顔は微笑みに光り輝いている。行き交う人たちはそんなオーレンカを見て思わず嬉《うれ》しくなり、話しかける。

「こんにちは、かわいいオリガ・セミョーノヴナ！　御機嫌いかが」

「この頃は中学の勉強もむずかしくなりましてね」と、オーレンカは市場で喋り出すのだった。「ほんとに冗談じゃありませんよ、きのうの一年生の宿題ときたら、寓話《ぐうわ》の暗誦《あんしょう》とラテン語の訳と、それに問題がもう一つ……全く、小さな子にあれでいいもんでしょうかね」

そして教師のことや、授業のこと、教科書のことなどを話し始める。サーシャが言っていた通りに。

二時すぎに二人揃《そろ》って昼食をとり、晩には一緒に予習をし、泣いたりする。少年を寝かしつけると、オーレンカは永いこと十字を切ってお祈りの文句を呟《つぶや》き、それから自分も寝床に入って、遠いおぼろげな未来を夢みる。サーシャは大学を卒業したら医者か技術者になり、大きな自分の邸宅を構え、自家用の馬車を持ち、結婚し、子供が生れるだろう……オーレンカはうとうとしながら、いつまでもそのことばかり考えつづけ、閉じた目から頬へと涙が流れる。黒猫はオーレンカの脇腹《わきばら》のあたりに寝そべって、喉《のど》を鳴らしている。

「ごろ……ごろ……ごろ……」

突然、木戸を激しく叩《たた》く音。オーレンカは目を醒まし、恐怖に息もつけない。心臓がはげしく鼓動する。三十秒ほど経って、また叩く音。

『ハリコフから電報が来たんだ』と、オーレンカは思い、全身が震え始める。『母親がサーシャをハリコフに呼ぶんだ……ああ、どうしよう！』

オーレンカは絶望する。頭や手足が冷たくなり、自分ほど不幸な人間は世界中にいないと思う。だが更に一分ほど経つと、声が聞える。獣医がクラブから帰ってきたのだ。

『ああ、よかった』と、オーレンカは思う。

心臓の重苦しさが少しずつ遠のいて、再び気が軽くなる。オーレンカはまた横になってサーシャのことを考えつづける。サーシャは隣の部屋でぐっすり眠っていて、ときどき寝言を言う。

「こいつ！　あっち行け！　やる気か！」

犬を連れた奥さん

1

海岸通りに新顔が現われたという噂《うわさ》が立った。犬を連れた奥さんだという。ドミートリー・ドミートリチ・グーロフは、ヤルタに来てもう二週間になり、この土地の生活にも馴《な》れたので、やはり新顔に興味を持ち始めた矢先であった。喫茶店ヴェルネに坐っていると、ベレー帽をかぶった小柄なブロンドの若い婦人が海岸通りを歩いて行くのが見えた。そのあとから白いスピッツが駆けて行った。

その後も、公園や四辻《よつつじ》の広場で、日に幾度となくその婦人に出会った。彼女はいつも同じベレーをかぶり白いスピッツを連れて、一人で散歩していた。だれひとりこの婦人の素性を知っている者はなく、みんなはただ「犬を連れた奥さん」と呼んでいた。

『亭主や知合いが一緒に来ていないのなら』と、グーロフは想像を逞《たくま》しゅうした。『付き合ってみるのも悪くないな』

グーロフはまだ四十前だったが、もう十二歳になる娘が一人と、中学生の息子が二人いた。まだ大学の二年生だったとき早くも結婚させられたので、今では細君のほうが一倍半は老《ふ》けて見えた。細君は背の高い、眉《まゆ》の濃い、一本気な、勿体《もったい》ぶった、しっかり者の女で、自らインテリと称していた。そしてたくさん本を読み、手紙には改良仮名づかいを用い、夫のことをドミートリーではなくディミトリ（訳注 西欧風に）と呼んでいたが、グーロフのほうは内心この妻をあさはかで視野の狭い野暮な女だと思い、敬遠して家に居つかなかった。浮気をするようになったのはすでにだいぶ以前からのことで、それも相当たび重なり、たぶんそのためなのだろうか、女のことは殆《ほとん》どいつも悪く言い、自分のいる席で女の話が出ると、きまってこんなふうにけなすのだった。

「低級な人種さ！」

女たちのことをどう呼ぼうと、自分は苦《にが》い経験をなめたのだから充分にその資格があるとグーロフは思っていたが、その実この「低級な人種」なしでは二日と生きていけないのだった。男同士でいるときは退屈で、落着かず、無口で冷淡になるのだが、女たちの中にいるときは自由な気分になり、話題といい立居振舞いといい、心得たものであった。女たちとならば黙っていてさえ気が楽だった。グーロフの容貌《ようぼう》や性格には、つまりこの男の天性には捉《とら》えがたい一種の魅力があって、それが女たちの心を惹《ひ》き、女たちを招き寄せたのだろう。グーロフはそのことを意識していたが、彼自身もまた何かの力によって女たちの方へ引寄せられるのだった。

度重なる経験、それも現実には苦い経験によってグーロフがとうの昔に学んだことだったが、一般に女との付合いというものは初めのうちこそ人生を楽しく豊かなものにする甘い軽やかな事件のように見えるけれども、まともな人間、殊《こと》に尻《しり》が重くて優柔不断なモスクワっ子の場合、それは必然的に複雑きわまる大問題へと発展し、とどのつまりは抜き差しならぬ事態に陥ってしまうのである。だが新たに興味を惹《ひ》くような女と出会うと、その経験はいつのまにか記憶からずり落ちて、なんとなく人生を楽しみたくなり、何もかもが単純に面白おかしく見えてくるのだった。

さて、ある日の夕方、グーロフが公園で食事をしていると、例のベレーをかぶった婦人がゆっくり近寄って来て、隣のテーブルに着いた。その表情や歩きぶりや服や髪かたちからグーロフが感じとったのは、この女が良家の出であり、人妻であり、ヤルタへ来たのは初めてで、しかも一人ぼっちで退屈しているということだった……この土地の風紀が悪いという話には嘘《うそ》が多く、グーロフはそんな話を軽蔑《けいべつ》していたし、そういう話をでっちあげるのは腕さえあれば悪事を働きたくてうずうずしている連中が大部分であることも承知していた。だが今、三歩と離れていない隣のテーブルにその婦人が坐《すわ》った途端、グーロフの心に浮んだのは、女をやすやすとものにしたとか、山奥へドライブに行ったとかいうたぐいの話ばかりで、行きずりの慌《あわただ》しい情事だとか、名前も苗字《みょうじ》も知らない謎《なぞ》の女とのロマンスだとか、そういった誘惑的な想いが突然グーロフを捉《とら》えてしまったのである。

グーロフはやさしくスピッツにおいでおいでをして、犬が寄ってくると指を立てて嚇《おど》かした。スピッツは唸《うな》り出した。グーロフはまた嚇かした。

婦人はグーロフをちらと見て、すぐに目を伏せた。

「その犬、咬《か》みませんわ」と婦人は言い、顔を赤らめた。

「骨をやっても構いませんか」相手がうなずいたので、グーロフは愛想よく尋ねた。「ヤルタへはもうだいぶ以前からですか」

「五日ほどになります」

「私はもうじき二週間になるんです」

暫《しばら》く沈黙が流れた。

言った。

「時の経《た》つのは早いものですけれど、でもここはとても退屈で！」と、グーロフを見ずに婦人が言った。

「ここが退屈だというのは、まあ決り文句のようなものですね。ベリョフやジズドラみたいな田舎《いなか》町に住んでいて結構退屈しない連中が、ここへ来るや否や、『ああ退屈だ！　ああ、埃《ほこり》がひどい！』まるでグラナダからでも来たようにね」

婦人は笑い出した。それから二人は見知らぬ人同士のように黙って食べつづけた。だが食事がすんで一緒に歩き出すと、行先や話題にこだわらぬ何不足ない自由な人たちに特有の、冗談まじりの気軽な会話が始まった。二人は散歩しながら、海が奇妙な光り方をしていると話し合った。水は非常に柔らかく温かそうな藤色《ふじいろ》で、その上に月が一筋の金色の帯を流していた。昼間が暑かったからまだ蒸し蒸しするという話も出た。グーロフは自分がモスクワっ子で、大学は文科を出たけれども今は銀行に勤めていると語った。かつて私立の歌劇団の歌手になろうとしたが結局やめたことや、現在モスクワに家を二軒持っていることも……一方、相手の話からは、この女性がペテルブルグ育ちで、S市へ嫁に行き、そこでもう二年暮していること、ヤルタにはあと一カ月ほど滞在の予定であること、夫も休養したがっているからいずれ現われるだろうことなどが分った。夫の勤め先が県庁なのか県の自治会なのか、女にはどうしても説明できず、それを女は自分でもおかしがった。そして女の名前がアンナ・セルゲーエヴナであることも、グーロフは知った。

そのあと、ホテルの自分の部屋へ帰ってからも、グーロフはこの女性のことを考え、あすもきっと出会うに違いないと思った。そうなるに決っている。寝床に入ってから、グーロフはふと、女がついこの間までは女学生で、ちょうど自分の娘が今やっているようなことを習っていたのだと思い、女の笑い方や未知の男との話しぶりに気後《きおく》れしたところや角《かど》の取れていないところが多分にあるのを思い出した。男たちにつけまわされたり、じろじろ見られたり、話しかけられたり、しかもその男たちの唯一の密《ひそ》かな願いは彼女自身にも見えすいているといった、こんな環境に一人で身を置くのは、この女には初めての経験であるに違いない。女のほっそりした弱々しい頸筋《くびすじ》や、美しい灰色の瞳《ひとみ》を、グーロフは思い出した。

『それにしても、あの女にはなんとなくいじらしいところがある』と、グーロフは思い、眠りに落ちていった。

2

知り合ってから一週間経《た》った。その日は祭日だった。部屋の中は蒸し暑く、通りではつむじ風が埃《ほこり》を巻き上げて帽子が飛ばされた。一日中、喉《のど》が乾《かわ》きつづけ、グーロフは何度も喫茶店に入って、アンナ・セルゲーエヴナにシロップやアイスクリームをすすめた。どこにも身の置きどころがなかった。

夕方になって少し風が鎮《しず》まり、二人は船の入るのを見に波止場《はとば》へ出掛けた。船着場では大勢の人が歩きまわっていた。だれかを出迎えに集まったらしく、みんな花束を持っていた。ここでも着飾ったヤルタの群衆の二つの特色がはっきり目についた。つまり年配の婦人たちが若づくりをしていることと、上級の軍人が多いことである。

海が荒れたので船はだいぶ遅れ、日が沈んでから到着したが、波止場に横づけになる前に永いことかかってやっと向きを変えた。アンナ・セルゲーエヴナはまるで知人でも探《さが》すように柄付眼鏡《ロルネット》で船や船客を眺《なが》めまわし、ときどきグーロフに何か話しかけるとき、その目はきらきら光っていた。しきりにお喋《しやべ》りするかと思うと間歇《かんけつ》的に質問し、自分でもすぐに何を訊《き》いたのか忘れてしまうのだった。そのうちに人ごみの中でロルネットを失《な》くした。

着飾った群衆は次第に散って行き、やがて人影はすっかり見えなくなり、風も全く鎮まったが、グーロフとアンナ・セルゲーエヴナは、まだだれか船から下りて来はしないかと待ってでもいるように、その場に立ちつくしていた。アンナ・セルゲーエヴナはもう何も言わず、グーロフの方を見ずに花の香《かお》りをかいでいた。

「夕方になって天気が良くなりましたね」とグーロフは言った。「これからどこへ行きましょう。どこかへ遠出でもしましょうか」

女は返事をしなかった。

するとグーロフは女の顔をまじまじと見つめ、突然抱き寄せて唇《くちびる》にキスした。花の香りと水分を顔のあたりに感じて、グーロフはすぐにおそるおそる周囲の様子をうかがった。だれかに見られなかっただろうか。

「あなたの部屋へ行きましょう……」と低い声でグーロフは言った。

二人は足早に歩き出した。

女の部屋は蒸し暑く、日本人の店から買って来た香水の匂《にお》いがこもっていた。グーロフは今あらためて女を見ながら、『一生の間には実にさまざまな女と出会うものだ！』と思った。過去の思い出の中には、のんきでお人好しな女たち、恋ゆえに陽気になり、たとえ束《つか》の間《ま》の仕合せにせよ、それを与えてくれたグーロフに感謝するような女たちがいた。かと思うと、たとえばグーロフの細君のように、恋をするにも誠意がなく、お喋《しゃべ》りが多すぎて、気障《きざ》で、ヒステリックで、これは色恋ではなくもっと意義あるものなのだと言わんばかりの顔をする女たちもいた。そしてまたほんの二、三人だが、非常な美人で、冷やかで、時折その顔に突如として人生が与える以上のものを取りたいという猛禽《もうきん》めいた表情、片意地な欲望がひらめく女たち。この種の女はもう青春の盛りを過ぎた、むら気で無分別で横柄で愚かな人間であり、グーロフはこの種の女たちへの恋がさめかけてくると、相手の美しさが憎らしくてならず、下着のレースまでが魚の鱗《うろこ》のように見えてくるのだった。

だが今ここにあるのは依然として未経験な若さのもつ気後れした角の取れていない様子であり、感情のぎごちなさであった。しかもだれかに突然ドアを叩《たた》かれたときのような当惑の感じもあった。アンナ・セルゲーエヴナ、すなわちこの「犬を連れた奥さん」は、今起ってしまったことを何か特別な、非常に重大なこととして、まるで自分の堕落であるかのように考えているらしく、それはいかにも奇妙であり、この場にふさわしくなかった。気落ちしたような顔の両側には長い髪が悲しげに垂《た》れ下がり、打萎《うちしお》れたポーズで考えこんでいるところは昔の絵にある罪深い女にそっくりだった。

「困ったわ」と女は言った。「もうあなたにどんなに軽蔑《けいべつ》されても仕方がないのね」

部屋のテーブルの上には西瓜《すいか》があった。グーロフは一きれ切って、ゆっくり食べ始めた。少なくとも三十分が沈黙のうちに過ぎた。

アンナ・セルゲーエヴナの姿は感動的だった。育ちのよい純真な、人生経験の少ない女性に特有の清らかさが、その姿に感じられた。テーブルの上にともっている一本の蠟燭《ろうそく》がぼんやりとその顔を照らしているだけだったが、女の心の動揺はありありと見てとれた。

「きみを軽蔑するなんて、ぼくにそんなことができる筈《はず》はない」と、グーロフは言い返した。「そんなわけの分らないことを言うもんじゃないよ」

「神様、お赦《ゆる》し下さい！」と女は言い、その目に涙があふれた。「恐ろしいことだわ」

「まるで神様の前で申開きでもしているようだなあ」

「どう申開きをしたらいいの。私は悪い卑しい女なのよ。自分で自分を軽蔑するけど、申開きをしようとは思わないわ。夫じゃなくて自分を裏切ったんですもの。それも今だけじゃなくて、ずっと前から裏切っているの。夫はまじめないい人なんでしょうけど、結局はただの召使なのよ！勤め先ではどんな仕事をしているか知らないけど、召使根性だけははっきりしている。私が嫁《とつ》いだのは二十歳《はたち》の年で、あの頃《ころ》の私は好奇心ではちきれそう、ただもう何かましなことをしたかったわ。どこかに別の暮しがある筈《はず》だ、っていつも思っていたの。本当の意味で生きたかった！生き生きした暮しがしたくて……好奇心に焼かれるようで……分っていただけないでしょうけど、本当にもう自分を抑えられなくなってしまったの。自分がどうにかなったみたいに、抑えようがなくなって、夫には病気だと言って、ここへ来たのよ……ここへ来ても、まるで熱に浮かされたみたいに、気違いみたいに歩きまわってばかりいて……とうとう、だれに軽蔑されても仕方がない下らない屑《くず》みたいな女になってしまったわ」

グーロフはもう聞いているのが退屈でたまらず、この話の子供っぽさに、この場違いな思いがけない告白に、いらいらしていた。もし女の目に涙が浮んでいなかったら、これはただの冗談か芝居だと思ったかもしれない。

「分らないな」と、グーロフは静かに言った。「つまり、どうしろと言うわけ?」

女はグーロフの胸に顔を隠し、ぴったりと寄り添った。

「信じて、私を信じてほしいの、お願い……」と、女は言った。「私はまじめな、きれいな暮しが好きで、まがったことは大嫌《だいきら》いなの。今自分がしていることはさっぱり分らないわ。よく世間では、魔がさしたって言うでしょう。今の私がちょうどそれなのよ、魔がさしてしまったのね」

「もうたくさんだ、もうたくさん……」とグーロフは呟《つぶや》いた。

女の怯《おび》えきって宙を見据えた目を見つめ、キスしてやったり、静かにやさしく話したりしているうちに、女はいくらか落着き、快活さが戻ってきた。やがて二人は声を立てて笑ったりし始めた。

それから外へ出ると、海岸通りには全く人影がなく、糸杉の木立ちがある町並みは死に絶えたような有様だったが、海はまだざわめき岸辺《きしべ》に打寄せていた。一艘《いっそう》の艀《はしけ》が波間に揺れ、その小さなあかりが眠そうにまたたいていた。

二人は辻馬車《つじばしゃ》を見つけて、オレアンダ（訳注　ヤルタ郊外の名勝地）へむかった。

「今、出るとき玄関できみの苗字が分った。黒板にフォン・ディーデリッツと書いてあったよ」と、グーロフは言った。「御主人はドイツ人?」

「いえ、お祖父《じい》さんはドイツ人だったらしいけど、彼は正教徒よ」

オレアンダに着くと、二人は教会の近くのベンチに腰を下ろし、何も言わずに眼下の海を眺《なが》めた。ヤルタは朝霧の彼方《かなた》に幽《かす》かに見え、山々の頂には白い雲が動かずに浮んでいた。木々の葉はそよともせず、蟬《せみ》が啼《な》き、下の方から聞えてくる単調で鈍い海のざわめきは、人を待ち受けている安らぎを、永遠の眠りを語っていた。海はまだヤルタやオレアンダがなかった頃も同じ場所でざわめき、現在もざわめき、私たちがいなくなったあとも同じように無関心にざわめきつづけるだろう。その恒久不変性のなかに、私たち一人一人の生や死にたいするこの全き無関心のなかに、恐らくは私たちの永遠の救いや、地上の生活の絶え間ない移り行きや、絶え間ない向上を保証するものが隠されているに相違ない。明け方の光にひときわ美しく見える若い女と並んで坐り、このお伽話《とぎばなし》のような舞台装置——海や山や雲や大空を眺めて、次第に気分が安らぎ、うっとりとなったグーロフは、煎《せん》じつめればこの世のことは何もかも美しいのであり、美しくないのは生きることの気高い目的や自分の人間的価値を忘れたときの私たちの考えや行為だけなのだ、と思うのだった。

一人の男が近寄ってきた。きっと番人なのだろう。二人をちょっと眺めて立ち去った。こんな些細《ささい》なことまでがたいそう神秘的に美しく思われるのだった。朝焼けに照らされ、もうあかりを消した汽船が、フェオドーシアからやって来るのが見えた。

「草に露が下りているわ」と、暫《しばら》く黙っていてからアンナ・セルゲーエヴナが言った。

「そう。もう帰ろう」

二人は町へ戻った。

それからというもの毎日正午に二人は海岸通りで落ち合い、一緒に朝食をとり、夕食をとり、散歩し、海に見とれるのだった。女は夜よく眠れないとか動悸《どうき》がするとか愚痴をこぼし、時には嫉妬《しっと》、時には恐怖のために興奮して、あなたは私を軽蔑《けいべつ》しているのではないかというお定りの疑《ぎ》問を投げかけた。そして四辻の広場や公園で、あたりに人がいないとき、グーロフはしばしば女をいきなり抱き寄せて熱烈にキスするのだった。全くの無為の生活、だれかに見られはしないかとびくびくあたりを見ながらする白昼のキス、そして暑さ、海の匂《にお》い、絶えず目先にちらついている着飾り飽食した無為の人々、それらのものがグーロフを別人に変えたように思われた。彼はアンナ・セルゲーエヴナに、きみは美しいとか魅力的だとかしきりに言い、耐えがたいほどの情熱に憑《つ》かれて女から一歩も離れようとせず、一方アンナ・セルゲーエヴナはしばしば思いに沈み、あなたは私を軽蔑している、少しも愛していない、下らない女としか見ていない、そのことを白状しなさいと男を責めるのだった。殆《ほとん》ど毎晩のように少し遅《おそ》めに二人は郊外のオレアンダや滝の見物に馬車で出掛けた。そうした散歩はいつもうまくいき、毎回必ずすばらしい壮大な印象が得られるのだった。

いずれは夫が現われることを二人は覚悟していた。だが或る日来た手紙の中で、夫は眼病にかかったから、なるべく早く帰宅してほしいと妻に頼んでいた。アンナ・セルゲーエヴナはそわそわし始めた。

「私が行くことになってよかったわ」と女はグーロフに言った。「こうなるのが運命なのよ」

女は馬車で発《た》ち、グーロフも一緒に送って行った。駅まで丸一日の道のりだった。急行列車の座席に腰を下ろし、二度目のベルが鳴ったとき、女は言った。

「ねえ、もう一度あなたの顔を見せて……もう一度よく見せて。そう、そうよ」

女は泣かなかったが、まるで病人のように悲しげで、顔がわなないていた。

「あなたのこと忘れないわ……いつも思い出すわ」と、女は言った。「お仕合せにね。悪く思わないでね。これが最後のお別れよ、それでいいのよ、だってもう二度と逢《あ》っちゃいけないんですもの。じゃ、お元気でね」

汽車はみるみる遠ざかり、そのあかりもまもなく消え、一分も経つと音さえ聞えなくなった。まるであらゆるものが共謀して、この甘い夢見心地を、この狂気を、一刻も早く断ち切ろうとしているようだった。プラットフォームに一人残されたグーロフは、遠い暗闇《くらやみ》を眺めながら、たったいま目が醒《さ》めたような気持で、蟋蟀《こおろぎ》の声や電線の唸《うな》りに耳を傾けていた。そして自分の人生に又もや起った情事あるいは事件もすでに終り、今は思い出だけが残った……と考えていた。感動と、悲しみと、一抹《いちまつ》の悔いとが入りまじっていた。もう二度とは逢わないだろうあの若い婦人は、グーロフと一緒にいても幸福ではなかったのではあるまいか。グーロフは女にたいして愛想よく誠実だったけれども、それにしてもグーロフの態度や言葉遣《つか》いや愛撫《あいぶ》には、思いを遂げた男、しかも女よりも二倍近く年上の男の軽いあざけりや、粗野な思いあがりが影のようにつきまとっていたのだった。女は終始グーロフのことを、親切なひと、すばらしいひと、高尚なひとと呼んでいた。とすれば女の目には本当のグーロフが見えていなかったことになり、それはすなわち、心ならずもグーロフが女を欺いていたことになる……

この停車場にはすでに秋の匂いが漂い、ひんやりとした夜だった。

『おれもそろそろ北へ帰る時分だ』と、プラットフォームを出ながらグーロフは思った。『もう時分どきだ！』

3

モスクワのわが家ではもうすっかり冬支度《じたく》が整い、煖炉《だんろ》も焚《た》かれていたし、毎朝、子供たちが学校へ行く用意をすませてお茶を飲むときはまだ暗く、乳母《うば》が暫《しばら》くの間あかりをつけたりした。すでに冷えこみ《モローズ》が始まっていた。初雪が降り、初めて橇《そり》に乗って行く日、白い地面や白い屋根を見るのは愉快であり、息をするのも楽々として気分がよく、一年のこの時分には少年時代がしきりに思い出される。霜で白くなった古い菩提樹《ぼだいじゅ》や白樺《しらかば》の木には親しみやすい表情があって、糸杉や棕櫚《しゅろ》よりは心に通うものがあり、そのそばにいるともう山や海のことは考えたくもない。

グーロフはモスクワっ子だったので、よく晴れた寒い日にモスクワへ帰って来ると、すぐさま毛皮外套《がいとう》と暖かい手袋を身につけてペトロフカ通りを一わたり歩き、土曜日の夕方には鐘の音を聞き、そんなことをしているうちに最近の旅行のことも、行って来た土地のこともみるみる魅力を失うのだった。少しずつモスクワの生活にはまりこんだグーロフは、今では日に三種類の新聞を一所懸命読みながら、口では原則として私はモスクワの新聞は読みませんなどと言っていた。今ではレストランや、クラブや、晩餐会《ばんさんかい》や、祝宴などが恋しくてたまらず、自分の家に有名な弁護士や芸術家が出入りすることや、医師会館で教授先生とトランプをすることが嬉《うれ》しくてならなかった。今ではもう肉の寄せ鍋《なべ》を一人前平らげてしまうこともできた……

あと一月《ひとつき》も経《た》てば、アンナ・セルゲーエヴナは記憶の中で霧に包まれ、今までの女たちと同じように時たま感動的な笑《え》みを浮べて夢の中に現われるだけだろう、とグーロフは思っていた。だが一月以上経ち、本物の冬が訪れたが、まるでアンナ・セルゲーエヴナと別れたのはきのうのことのように記憶は何もかもはっきりしていた。そして思い出はますます烈しく燃えあがるのだった。宵《よい》の静けさの中で子供たちの予習をしている声が書斎まで聞えてくるとき、小唄《ロマンス》を聴《き》いているとき、あるいはレストランでオルガンの演奏を聴いているとき、あるいは煖炉の中で吹雪《ふぶき》が唸《うな》るときなど、突如として一切が記憶によみがえった。あの波止場《はとば》でのこと、山々に霧のかかっていた早朝のこと、フェオドーシアから来た汽船のこと、かずかずの接吻《せっぷん》のこと。グーロフは永いこと部屋の中を歩きまわり、思い出につれて微笑《ほほえ》みが浮び、やがて思い出は空想へと変って、過去は空想の中で未来のこととまじり合うのだった。アンナ・セルゲーエヴナは夢の中に現われるのではなく、グーロフがどこへ行こうと影のようについて来て、男をじっと見守っていた。グーロフが目をつぶると生身のように女の姿が見え、女は以前よりも美しく、若く、やさしくなったように思われた。そしてグーロフ自身もヤルタにいた頃よりましになったような気がするのだった。夜な夜な女は書棚《しょだな》から、煖炉から、部屋の片隅《かたすみ》からグーロフを見つめ、その息づかいや、衣《きぬ》擦れの音が聞えた。街へ出ると、グーロフはしきりに目で女たちを追い、アンナに似た女がいないかと探《さが》すのだった……

やがて自分の思い出をだれかに話したいという強い欲求がグーロフを悩ませ始めた。しかしわが家で情事の話をするわけにはいかないし、外では話す相手がいなかった。店子《たなこ》は駄目だし、銀行にも相手がいない。それにそもそも何を話したらいいのか。一体あのときグーロフは恋をしていたのだろうか。アンナ・セルゲーエヴナとの関係に何か美しいところ、詩的なところ、あるいは教訓的なところ、あるいは単に面白いところがあるだろうか。そんなわけで、グーロフはやむをえず漠然《ばくぜん》と恋愛一般、女一般について語り、したがってだれにも彼の真意は分らず、ただ細君だけが濃い眉《まゆ》を動かして言った。

「ディミトリ、あなたはぜんぜん二枚目という柄じゃないわよ」

ある夜ふけに遊び仲間の役人と連れ立って医師会館から出るとき、グーロフはたまりかねて言った。

「実はですね、ヤルタで凄《すご》く魅力的な婦人と知り合ったんです！」

役人は橇《そり》に乗りこみ、橇は動き出したが、とつぜん役人は振向いてグーロフの名を呼んだ。

「ドミートリー・ドミートリチ！」

「え？」

「さっきあなたが言われた通りです。あの蝶鮫《ちょうざめ》には臭みがありましたな！」

こんな何の変哲もない言葉が、とつぜんグーロフの癇《かん》にさわり、いかにも下劣で不潔な言葉のように思われるのだった。なんという野蛮な風習だろう、なんという連中だろう！　なんという無意味な毎晩、なんというつまらない灰色の日々だろう！　狂ったようなトランプ遊び、暴飲暴食、くどくど繰返す決りきった話題。役にも立たぬ仕事と、くどくど繰返す決りきった話とに、最良の時間と精力を取られて、とどのつまり残るものは何やら中途半端《はんぱ》な飛躍のない生活、屑《くず》のような下らない暮しであり、しかも気違い病院か留置場へでもブチこまれているように、その生活から逃げ出すことはできない！

グーロフはその夜まんじりともせず腹の立て通しで、翌日は一日、頭が痛かった。それからも毎晩のようによく眠れず、ベッドに半身を起して考えこんだり、部屋の隅《すみ》から隅へと歩きまわったりした。子供たちにもうんざりだし、銀行にもうんざりで、どこへも行きたくなく、何を喋《しゃべ》りたくもなかった。

十二月の休暇が来ると、グーロフは旅行の準備を整え、ある青年の就職の世話をしにペテルブルグへ行くと妻に言って――S市にむかって発《た》った。なんのために？　それは自分でもよく分らなかった。とにかくアンナ・セルゲーエヴナに逢って話をし、できることなら逢引《あいびき》の相談をしたいと思ったのである。

S市に着いたのは午前中で、グーロフはホテルの一番いい部屋をとった。その部屋は床一面に灰色の粗末なラシャが敷きつめてあり、机の上にはまっしろに埃《ほこり》の溜《た》まったインキ壺《つぼ》や、片手で帽子を高く差上げた騎馬像があったが、その首は欠けていた。グーロフに必要な情報はホテルの玄関番が提供してくれた。フォン・ディーデリッツはスタロ・ゴンチャールナヤ通りの独立家屋に住んでいる——そこはホテルから大して遠くはなく、暮しぶりは豪勢で、自家用の馬車もあり、町中でこの家を知らぬ者はないという。玄関番は、ドルィドィリッツと発音していた。

グーロフはぶらぶらとスタロ・ゴンチャールナヤ通りへ行き、その家を見つけた。ちょうど家の向い側に、釘《くぎ》の植わった灰色の長い塀《へい》があった。

『こんな塀からは逃げ出すことだ』と、窓と塀をかわるがわる見ながら、グーロフは思った。

そしていろいろと想像をめぐらした。今日は役所が休みだから、夫はきっと家にいるだろう。それに、どちらにせよ、家に入りこんで驚かすのはまずいやり方だ。伝言の紙切れを届けさせても、それが万一、夫の手に渡ったら万事休すである。一番いいのはチャンスを待つことだ。そこでグーロフは塀の前のあたりをぶらぶら歩きながら、そのチャンスを待つのだった。見ていると、一人の乞食《こじき》が門の中へ入って行って犬に吠《ほ》えつかれ、それから一時間も経つと、ピアノを弾《ひ》いている音が幽《かす》かに伝わってきた。きっと、アンナ・セルゲーエヴナが弾いているのだろう。突然、表玄関の扉《とびら》があき、そこから老婆が出て来たが、老婆のうしろから走って来たのはお馴染《なじみ》の白いスピッツだった。グーロフは犬を呼ぼうとしたが、急に動悸《どうき》が早くなって、興奮のあまりスピッツの名を思い出せなかった。

ぶらぶらしているうちに、その灰色の塀がだんだん憎らしくなってきた。そして苛立《いらだ》たしい気持で、アンナ・セルゲーエヴナはもうおれのことなど忘れて、ほかの男と遊んでいるのかもしれない、朝から晩までこんな憎たらしい塀を眺《なが》めて暮さなければならない若い女にしてみれば、それが当然かもしれない、などと考えるのだった。グーロフはホテルの部屋に帰って、何をしたらいいのか分らずに永いことソファでぼんやりし、それから食事をし、それから永いこと眠った。『なんという愚かしい、あぶなっかしいことだろう』と、目が醒《さ》めて、暗い窓を見ながらグーロフは思った。もう夜になっていた。『どういうわけか、よく寝てしまった。さて今夜は何をしたらいいのだろう』

まるで病院のような灰色の安物の毛布に覆《おお》われたベッドに起きあがって、グーロフは腹立たしい気持で自分自身をあざけった。

『これが犬を連れた奥さんかい……これが情事かい……あげくの果ては、こんなベッドに坐っているのかい』

その日の朝、停車場で、非常に大きな文字を並べたポスターが目に入ったのだった。『芸者《ゲイシャ》』の初演だという。それを思い出したグーロフは劇場へ出掛けて行った。

『初演物ならば彼女が来る可能性は大いにある』と、グーロフは思った。

劇場は大入りだった。田舎《いなか》の劇場はどこでもそうだが、ここでもシャンデリヤの上には煙草の煙がたなびき、天井桟敷《てんじょうさじき》ががやがやと沸いていた。幕があく前のひととき、最前列には土地の伊達男《だ　てお とこ》どもが両手をうしろに組んで立っていた。ここでも県知事のボックスの一番前には毛皮の襟《えり》巻《まき》をした県知事令嬢が坐り、県知事その人はおとなしく垂《た》れ幕の蔭に隠れていて、その手が見えるだけだった。緞帳《どんちょう》が揺れ、オーケストラが永いことかかって調子を合わせた。観客が次々と入って来て席に坐る間中、グーロフはむさぼるように目で探《さが》した。

アンナ・セルゲーエヴナも入って来た。そして三列目に坐ったが、その姿を一目見た途端にグーロフは胸を締めつけられ、今の自分にとって世界中にこれほど親しい、これほど貴《とうと》い大切な人間はいないのだということを、はっきりと悟ったのだった。田舎者の群れに紛れこんでいるこの小さな女、どことい って非凡なところのない、俗悪な柄付眼鏡《ロルネット》を両手でもてあそんでいるこの女が、今やグーロフの全生活を満たし、グーロフの悲しみであり、喜びであり、今グーロフが自分のために願い求めるただ一つの仕合せなのである。そして下手《へた》くそなオーケストラのみすぼらしいヴァイオリンの音を聞きながら、グーロフは女の美しさを思っていた。思い、かつ夢見ていた。

アンナ・セルゲーエヴナと一緒に入って来て、その隣に坐ったのは、頰髯《ほおひげ》をちょっぴり生《は》やした非常に背の高い、猫背の若者だった。この男は一足ごとに首を振るので、のべつお辞儀をしているように見えた。これがたぶん、女があの晩ヤルタで苦々《にがにが》しい思いに駆られて召使などと呼んだ、あの夫なのだろう。本当にそのひょろ長い体《からだ》つきや、頰髯や、少し禿《は》げ上がったところなどには、なんとなく召使めいた控え目な感じがあり、しかもその笑顔《えがお》はたいそう甘ったるく、ボタン穴につけている何かの学位のバッジはちょうど召使の番号札のように見えた。

最初の休憩時間に、夫は煙草を吸いに出て行き、女は座席に残った。やはり平土間に席があったグーロフは、女に近づいて、むりに笑顔を作り、震える声で言った。

「こんにちは」

女はグーロフをちらと見るなりたちまち蒼《あお》ざめ、自分の目が信じられないというようにもう一度こわごわグーロフを見上げて、扇と柄付眼鏡《ロルネット》を両手でいっぺんに固く握りしめたのは、明らかに気を失うまいと自分と戦っているのだった。二人とも黙っていた。女は坐ったままで、グーロフは相手のうろたえぶりに驚いて、隣へ腰を下ろす決心がつかずに立ったままだった。ヴァイオリンとフルートが調子を合わせる音が聞え始めると、到る所のボックスから見つめられているような気がして、グーロフはとつぜん恐ろしくなった。だが、そのとき女は立ちあがり、出口の方へ足早に歩き出した。グーロフはそのあとを追い、二人はでたらめに廊下や階段を上ったり下ったりして歩きつづけ、裁判官や教師や御料地事務官の制服を着てそれぞれの記章をつけた人々が二人の目の前に現われては消えた。婦人たちや、外套《がいとう》掛けにかかった外套も見え隠れし、隙間風《すきまかぜ》が吹きぬけて吸いさしの葉巻の匂《にお》いが突然匂ってきたりした。激しい動悸《どうき》を感じながらグーロフは思った。『ああ恐ろしい！　一体どういうことなのだ、この連中、このオーケストラ……』

そのとき突然グーロフは、あの晩アンナ・セルゲーエヴナを駅で見送ったとき、すべてはもう終った、二度と逢うことはあるまいと心に呟《つぶや》いたことを思い出した。だが、お終《しま》いまではまだなんと遠いことだろう！

『立見席入口』と掲示のある狭い暗い階段の中途で、女は立ちどまった。

「びっくりしたわ！」と、苦しそうに息をしながら、まだ茫然《ぼうぜん》とした蒼《あお》い顔で女は言った。「ああ、ほんとにびっくりしたわ！　息がとまりそう。どうしてここへいらしたの。どうして？」

「でも分って欲しいんだ、アンナ、分って欲しい……」と、グーロフは小声で急《せ》きこんで言った。「お願いだから分って欲しい……」

恐怖と哀願と愛情をこめて、女はグーロフを見つめた。男の顔かたちを少しでもはっきりと記憶に刻みつけておこうというように、まじまじと見つめた。

「私とても苦しんでいるのよ！」と、グーロフの言葉には耳をかさずに女は続けた。「いつもあなたのことばかり考えて、あなたを思うことだけで生きているの。でも、忘れよう忘れようと思っていたのに、どうしていらしたの、どうして？」

少し上の踊り場では、二人の中学生が煙草を吸いながらこちらを見下ろしていたが、グーロフは構わずアンナ・セルゲーエヴナを引寄せて、顔や頬や手にキスし始めた。

「何をなさるの、何をなさるの！」と、男を押しのけながら女はおびえて言った。「私たちどうかしているわ。今日すぐ帰って、今すぐ帰って……ほんとにお願いよ、ね……だれか来るわ！」

下からだれかが階段を上って来た。

「あなたは帰らなきゃいけないわ……」と、アンナ・セルゲーエヴナは囁《ささや》き声で続けた。「ね、ドミートリー・ドミートリチ、私がモスクワへ行きます。私、今まで一度も仕合せだったことがないし、今も不仕合せだし、これからも絶対に仕合せにはなれないんだわ、絶対に！　もうこれ以上私を苦しませないで！　誓うわ、私がモスクワへ行きます。でも今日はお別れよ！　私のかわいいひと、やさしいひと、私の大事なあなた、お別れよ！」

女はグーロフの手を握りしめると、何度も振返りながら足早に階段を下り始め、その目を見れば、女が本当に仕合せではないことが分るのだった……グーロフは少しの間そこに立って耳を澄ましましたが、あたりが静まりかえったので、自分の外套掛けを探し出して劇場を出た。

4

そしてアンナ・セルゲーエヴナは、グーロフに逢いにモスクワへ来るようになった。二カ月か三カ月に一度、夫には大学の婦人科の先生に診察してもらうのだと言って、S市を出てくるのだったが、夫はそれを信じるようでもあり、信じていないようでもあった。モスクワに着くと、アンナは「スラヴャンスキー・バザール」ホテルに部屋をとり、ただちにグーロフの所へ赤い帽子をかぶった男を使いに走らせる。グーロフはホテルへ逢いに行き、そのことを知っている者はモスクワ中に一人もいなかった。

ある冬の朝、やはりそんな段取りで、グーロフはアンナの宿めざして歩いていた（使いは前の晩に来たのだが、グーロフは留守にしていたのである）。一緒に歩いていたのは彼の娘で、ちょうど道順に当る学校まで送ってやろうと思ったのだった。ぼた雪がしきりに降っていた。

「今朝の温度は三度だけれども、それでも雪が降っているだろう」と、グーロフは娘に言った。「この温かさは地面のうわっつらだけのことで、高い所の空気の層では温度がぜんぜん違うんだ」

「パパ、どうして冬には雷が鳴らないの」

そのこともグーロフは説明した。そんなふうに話しながら、今こうして自分は逢引に出掛けて行くが、だれもそれを知らないし、たぶん永遠に知ることはないのだと思った。グーロフには二つの生活があった。一つは公然の生活、だれにでも見たい人には見せられる生活、真実や虚偽のかたちをとった約束事でいっぱいの、友人知人たちの生活とそっくり同じ生活であり、もう一つは密《ひそ》かに営まれる生活である。そして奇妙なめぐりあわせというか、これは全くの偶然の産物なのだろうが、グーロフにとって重要なこと、面白いこと、必要なこと、自己を欺かずに誠実でいられるようなこと、生活の核心をなすようなことはすべて他人には秘密に進行する一方、グーロフの嘘《うそ》や、真実を隠すための隠れ蓑《みの》、たとえば銀行の仕事や、クラブでの議論や、あの「低級な人種」という言葉や、細君同伴の宴会など、それらはすべて公然の側にあった。そこでグーロフはおのれをもって他人を測り、目に見えるものを信用せず、どんな人の場合でも、ちょうど夜のとばりに覆《おお》われるように秘密のとばりに覆われて、その人の本当の生活、一番面白い生活が営まれているのだと、いつも思っていた。各人の個人的存在というのはあくまでも秘められたものであって、たぶんそのためなのだろう、私生活の秘密を尊重せよと文化人が神経質に騒ぐのは。

娘を学校まで送ってから、グーロフはスラヴャンスキー・バザールへ行った。階下で外套をぬぎ、二階へ上り、そっとドアをノックした。グーロフの好きなグレイの服を着たアンナ・セルゲーエヴナは、旅に疲れ、期待に疲れて、ゆうべからグーロフを待っていた。その顔は蒼白《あおじろ》く、女はグーロフを見ても笑わなかったが、男が入って来るや否や、その胸にとりすがった。まるで二年も逢わなかったように、二人のキスは永く続いた。

「どう、むこうの暮しは」と、グーロフは尋ねた。「何か変ったことは？」

「待って、今話すわ……だめ、話せない」

泣いているので話ができないのだった。女は顔をそむけ、ハンカチを目にあてた。

『まあ、泣くがいい、おれは坐っていよう』と、グーロフは思い、肘掛椅子《ひじかけいす》に腰を下ろした。

それからベルを押して、お茶を持ってくるように命じた。グーロフがお茶を飲んでいる間、女は窓の方を向いたまま、まだ立っていた……女が泣いたのは興奮したためであり、二人の生活がこんなに悲しいものになってしまったことを痛ましくも意識したためであった。二人は人目を避けてでなければ逢うこともできず、まるで泥棒のように世間から隠れている！　これでも二人の生活は破滅していないだろうか。

「さあ、もう泣きやみなさい！」と、グーロフは言った。

グーロフにしてみれば、この二人の恋が終るのが、いつなのかは分らないが、まだ先の話であることははっきりしていた。アンナ・セルゲーエヴナはますます強くグーロフに結ばれ、グーロフを心から愛していたから、その彼女にむかって、この恋にもいつかは終りが来るなどとはとても言えなかった。言ったところで女は信じないだろう。

グーロフは女に近寄り、その肩に手をかけて、女を愛撫《あいぶ》し、少しおどけてもみせようとしたが、そのとき鏡の中に自分の姿を見た。

頭はすでに白くなり始めていた。ここ数年のうちにこれほど老《ふ》け、これほど醜くなったのは、ふしぎに思われるほどだった。グーロフの手に触れている肩は暖かくて、震えていた。まだこんなに暖かくて美しいこの生命も、グーロフの生命と同じように、まもなく色褪《いろあ》せ萎《しぼ》み始めるのだろう。グーロフはそんな女の生命に憐《あわ》れを催した。なぜこの女は彼をこれほど愛しているのだろう。グーロフは女たちの目にはいつも本当のグーロフとは違ったふうに映り、女たちはグーロフそのものをではなくて、女たちの空想が生み出した男を、女たちがその生涯に熱烈に探《さが》し求めていた男を愛したのだった。そして自分たちの間違いに気付いたあとも、やはり同じように愛しつづけた。そしてグーロフと結ばれて幸福になった女は一人もいなかったのである。時は流れつづけて、グーロフは女たちと知り合ったり、親しくなったり、別れたりしたが、愛したことは一度もなかった。ほかのものは何でもあったが、愛だけはなかった。

そして頭が白くなり始めた今、グーロフはまともに、本当に——生れて初めて愛したのである。

アンナ・セルゲーエヴナとグーロフは、肉親同士のように、夫婦のように、やさしい友人同士のように愛し合っていた。二人にはお互いが相手のものとなるべく運命づけられていたように思われ、男に妻が、女に夫がいることが全く不可解だった。それは一番《ひとつがい》の渡り鳥が捕えられて、別別の鳥籠《とりかご》に入れられたようなものだった。二人はお互いに過去の恥ずかしい行為を赦《ゆる》し、現在のすべてを赦し合い、この恋が二人のどちらをも変えてしまったように感じるのだった。

昔のグーロフは、悲しいときには思いつく限りのさまざまな理屈で自らを慰めたものだったが、今はもう理屈どころではなく、感じるのは深い憐れみばかりで、ひたすら誠実にやさしくありたいと願うのだった。

「もうやめなさい、ね」と、グーロフは言った。「それだけ泣けば、もうたくさんだ……今度は話をしよう、何かを考え出そう」

どうしたら人目を忍んだり、人を欺いたり、別々の町に住んだり、永いこと逢わずにいたりしなくてすむようになるだろうかと、二人はそれから長々と相談した。どうしたらこの耐えがたい枷《かせ》から解放されるのだろうか。

「どうしたら？　どうしたら？」と、グーロフは頭をかかえて尋ねた。「どうしたら？」

もう少しで解決の道が見つかり、そのときはすばらしい新生活が始まるだろうと、ふとそんな気もした。しかも二人にははっきり分っていたのだが、終りまではまだまだ遠く、最も入り組んだむずかしいところは今ようやく始まったばかりなのだった。

谷間

1

ウクレーエヴォ村は谷間にあったので、街道や停車場からは鐘楼と更紗《さらさ》の型付け工場の煙突しか見えなかった。あれはどんな村かと通りがかりの人が尋ねれば、答えはいつもこうだった。

「あそこですよ、寺男が葬式のときイクラをありったけ平らげたのは」

あるとき工場主コスチュコフの家の法事で年老いた寺男が前菜《ザクースカ》の中に大粒のイクラがあるのを見つけ、それをがつがつ食べ始めた。いくらつつかれても袖《そで》を引っ張られても嬉《うれ》しさに体《からだ》が痺《しび》れたように、脇目《わきめ》もふらず食べ続けた。結局ありったけのイクラを平らげたが、壺《つぼ》にはおよそ一キロ半ものイクラがあったのである。そのときからすでに長い年月が過ぎ去り、寺男はとうに死んだが、イクラの話はみんなが覚えていた。このあたりの暮しがひどく貧しいためなのか、それとも十年前に起ったこの些細《ささい》な事件のほかに何かを心にとどめる余裕が人々になかったためか、ウクレーエヴォ村といえばこれ以外の話は出ないのだった。

この村では悪性の熱病がいまだに後《あと》を絶たず、夏でさえ、とりわけ古い柳の木が覆《おお》いかぶさって大きな影を落している塀《へい》の陰《かげ》などには、ひどいぬかるみがあった。そして村中に工場の廃液の匂《にお》いや、更紗の仕上げに使う醋酸《さくさん》の匂いが漂っていた。工場は――更紗工場が一つ、製革工場が一つ――村の中ではなく村はずれや、その先にあった。いずれも小さな工場で、工員はみんな合わせても四百人そこそこしかいなかった。製革工場のせいで小川の水はしばしば悪臭を放ち、廃液が牧草地を汚染して百姓の家畜が炭疽熱《たんそ》にかかったりしたので、この工場は閉鎖を命じられた。そして一応は閉鎖されたことになっていたが、その実、工場の経営者に月十ルーブリずつ摑《つか》まされている郡警察署の署長と郡医との黙認を得て、操業はひそかに続いていた。この村には、まともな家、つまり屋根を鉄板で葺《ふ》いた石造りの家は二軒しかなかった。一軒は村役場の建物で、もう一軒の、教会の真向いにある二階建ての家には、エピファン出身の商人ツィブーキン、すなわちグリゴーリー・ペトロフが住んでいた。

グリゴーリーは食料品店を営んでいたが、これは表向きのことで、実際にはウォツカ、家畜、皮製品、穀物、豚など、手あたり次第になんでも商い、たとえば外国向けの婦人帽に使う鵲《かささぎ》の注文が来たときなどは一番《ひとつがい》につき三十コペイカずつ儲《もう》けたのだった。ほかに伐採用の森林を買い占めたり、利息を取って金を貸したり、概して抜け目のない老人であった。

この老人には息子が二人いた。長男のアニシムは警察の刑事部に勤めていて、家に帰ることは滅多になかった。次男のスチェパンは商売の道に入り父親の仕事を手伝っていたが、体が弱い上に耳が遠かったので実際の手伝いは期待できなかった。その妻のアクシーニヤは体つきのすらりとした美人で、休みの日には帽子をかぶりパラソルをさして外出したが、いつもは朝早く起き、夜は遅く床につき、日がな一日、スカートをはしょり鍵束《かぎたば》を鳴らしながら、納屋へ、穴倉へ、店先へと駆けまわるのだった。ツィブーキン老人は目を輝かして嬉《うれ》しそうにその有様を眺《なが》めていたが、そんなとき、アクシーニヤが長男の嫁ではなくて、女の美しさなど碌《ろく》に分らぬ耳の遠い次男の嫁であることを、老人は口惜しく思っていたのである。

以前から家庭的な人間だったこの老人は、この世の何物にもまして自分の家族を、なかんずく警察勤めの長男と次男の嫁とを愛していた。アクシーニヤは耳の遠い次男に嫁《とつ》いだ早々から稀《まれ》にみる遣り手《やて》ぶりを現わして、誰に貸売りをしていいか、誰にはいけないかを忽《たちま》ち覚え、鍵束《かぎたば》はいつも身につけて夫にさえ渡さず、算盤《そろばん》を弾《はじ》いたり、百姓のように馬の歯を調べたりして、その間、笑い声と元気な大声の絶え間がなかった。嫁の言うこと為《な》すことに老人はただただ感嘆するばかりで、こんなふうに呟《つぶや》くのだった。

「大した嫁さんだ！　まったく、大した美人じゃないか……」

老人は鰥夫《やもめ》だったが、息子が結婚してから一年ばかり経《た》った頃《ころ》、たまりかねて自分も結婚した。ウクレーエヴォ村から三十キロ余りの所に、ワルワーラ・ニコラーエヴナという、もう中年の、だが美人で堂々たる押し出しの、良家の女性が見つかったのである。この婦人が二階の一室に移り住むや否や、まるで窓という窓に新しいガラスを入れたように家中が明るくなった。燈明には火がともされ、テーブルは雪のように白いテーブルクロースに覆《おお》われ、窓や小庭には赤い芽をふく花々が現われ、食事時にも以前のように一つの鉢《はち》から食べるのではなく、一人一人に皿が配られた。ワルワーラ・ニコラーエヴナは楽しげにやさしくほほえみ、家中の何もかもがほほえむように思われた。そしてこれは前には決してなかったことだが、乞食《こじき》や、旅の人や、巡礼女などが中庭へ入ってくるようになった。ウクレ！エヴォ村の百姓女たちの哀れっぽい歌うような声や、飲んだくれて工場を馘《くび》になった弱々しい疲れきった百姓の遠慮がちな咳《せき》が、窓の下から聞えることもあった。ワルワーラは金やパンや古着を恵んでやり、家に馴《な》れてくると店からも品物を持ち出すようになった。ある日のこと、耳の遠い次男はワルワーラが五十グラムのお茶を二包み持ち出すのを見て面喰《めんく》らった。

「おっかさんが五十グラムのお茶を二つ持ってったよ」と、耳の遠い息子はあとで父親に知らせた。「だれのつけにしたらいい？」

老人は何とも答えず、暫《しばら》く立ったまま眉《まゆ》をぴくぴくさせて考え、それから二階の妻のところへ行った。

「ワルワールシカ、お前、店の品物で何か要《い》るものがあったら、持ってっていいんだよ」と老人はやさしく言った。「遠慮せずに、いくらでも持ってっていいんだ」

すると翌日、耳の遠い息子が中庭を駆け抜けながら大声でワルワーラに言った。

「おっかさん、要るものがあったら持ってっていいんですよ！」

ワルワーラが施しをするということには、燈明や赤い花と同じように何かしら新しい、何かしら陽気で軽やかなものが感じられた。精進日の前の日や、三日続きの聖者の祭日などには、樽《たる》のそばに立っていられないほどの悪臭を放つ腐った塩漬《しおづ》け肉を百姓たちに売りつけて、酔いどれたちから鎌《かま》や帽子や女房のプラトークを抵当《かた》に取り、そのあげく悪いウォッカに酔いつぶれた職工たちはぬかるみの中にごろごろ寝そべり、空中にはすでに罪業が霧のように垂《た》れこめていると感じられるとき、塩漬け肉ともウォッカとも関係のない、物静かな小ざっぱりした婦人がこの家の中にいるのだと考えただけで、なんとはなしに心が軽くなるのである。この霧に包まれた重苦しい日々に、ワルワーラの施しは機械の安全弁のような働きをしているのだった。

ツィブーキン家の毎日は忙しく過ぎて行った。まだ陽《ひ》の昇《のぼ》らぬうちに、入口の間ではもうアクシーニヤが顔を洗いながら鼻を鳴らす音が聞え、台所ではサモワールが煮え立って何か不吉なことを予言するように低い唸《うな》り声をあげた。グリゴーリー・ペトロフ老人は裾《すそ》の長い黒のフロックコートを着て、更紗のズボンと磨《みが》きあげた深い長靴をはき、小柄ながら非常にさっぱりした姿で部屋部屋を歩きまわって、有名な民謡に出てくる洒落者《しゃれもの》の舅《しゅうと》のように踵《かかと》をこつこついわせた。やがて店の戸が開かれた。あたりが明るくなると玄関に競走用の馬車が引出され、老人は大きな縁《ふち》なし帽子を耳まで引きおろしながら若々しいしぐさで馬車に乗りこんだが、その様子を見ては誰もこの男がすでに五十六歳だとは思わないだろう。細君と嫁さんに見送られ、こんなふうに小ざっぱりした上等のフロックコートを着て、馬車には三百ルーブリもした大きな青毛の種馬を付けるとき、老人は百姓たちが請願や苦情をもって近寄ってくるのをいやがった。日頃から百姓たちを忌み嫌《きら》っていた老人は、どこかの百姓が門のあたりで待っているのを見ると腹立たしげに叫ぶのだった。

「なんでそこに突っ立ってるんだ。とっとと行っちまえ！」

相手が乞食《こじき》だと、こう叫んだ。

「神様に貰《もら》え、神様に！」

老人が用事で出かけてしまうと、細君はじみな服に黒い前掛け姿で部屋を片付け、台所を手伝った。アクシーニヤは店で商いを始め、中庭からは壜《びん》や金のじゃらつく音、アクシーニヤが笑ったり叫んだりする声、アクシーニヤに腹を立てた客たちの怒鳴り声などが聞えてきた。これはつまり、店でウォツカの密売がすでに進行している証拠だった。耳の遠い次男も店に坐《すわ》っているか、あるいは帽子もかぶらず両手をポケットにつっこんで通りをぶらつき、ぼんやりと百姓小屋を覗《のぞ》きこんだり、空を見上げたりした。この家では日に六回ほどお茶を飲み、四回ほど食事をした。夜になると売上げを計算して帳簿につけ、それからぐっすりと眠った。

ウクレーエヴォ村では三つの更紗工場と、その工場主、すなわち兄のフルィミン、弟のフルィミン、コスチュコフ、この三軒の家との間に電話が通じていた。村役場にも電話がひかれていたが、電話機の中に南京虫《ナンキンむし》やゴキブリが住みついたので、まもなく使えなくなった。村長は学のない男で、書類を一語一語大文字で書いたりしたが、電話が駄目になるとこう言った。

「そう、電話がないとこれからはいくぶん不便になりますな」

フルィミンの兄の家と弟の家とは絶えず裁判沙汰《ざた》で争い、時には弟の家だけで内輪揉《も》めが起って裁判沙汰になったりもし、そんなときには和解が成り立つまで一カ月も二カ月も工場は仕事を停止したから、喧嘩《けんか》のたびにその原因について噂《うわさ》の花が咲き、ウクレーエヴォ村の住民たちにはいい気晴らしになった。祭日にはコスチュコフと弟のほうのフルィミン一家が馬車を仕立ててウクレーエヴォ中を走りまわり、仔牛《こうし》を轢《ひ》き殺したりした。アクシーニヤは着飾って、糊《のり》のきいたスカートをがさがさいわせながら店の前の通りを散歩した。弟のほうのフルィミン家の連中はそんなアクシーニヤを抱き上げ、まるで力ずくのようにどこかへ連れて行った。するとツィブーキン老人も自分の新しい馬を見せびらかしに馬車を出し、ワルワーラをお供に連れて行くのだった。

夜、遠乗りが終って、みんなが寝床に入る頃、弟のフルィミン家の中庭では高価なアコーデオンが鳴りひびき、月でも出ていれば、その音のために心は悩ましく浮かれだし、ウクレーエヴォ村ももはや穴倉のようには思えなくなるのだった。

2

長男のアニシムが家に帰ることは非常に稀《まれ》で、主《おも》だった祭日に限られていたが、その代りしばしば同郷人に托《たく》して土産物《みやげもの》や手紙をよこした。手紙はいつも第三者のたいそう美しい筆蹟《ひっせき》で書かれ、まるで請願書か何かのように正式の書類用紙を使っていた。そしてアニシムが会話では決して使わないような表現に満ち満ちていた。『お懐《なつ》かしい父上ならびに母上様、お二人の肉体的要求を満たすべく新茶四百グラムお送り申上げます』

どの手紙にも最後に『アニシム・ツィブーキン』と傷《いた》んだペンで引っ掻《か》いたような文字が書きこまれ、その下に再び立派な筆蹟で『代筆』とあった。

こういう手紙は何度も声に出して朗読され、感激した老人は興奮のあまり赤い顔をして言うのだった。

「なあ、あいつは家で暮すのを嫌《きら》って学問の道に進んだのさ。それもよかろう！　人には向き不向きがあるからな」

謝肉祭が近づいた或る日のこと、霰《あられ》まじりの激しい雨が降り出した。老人とワルワーラが外の模様を見に窓に近寄ると、驚いたことにアニシムが駅の方から橇《そり》に乗ってやって来た。これはまことに思いがけないことだった。アニシムはなんとなくそわそわと不安そうな様子で部屋に入って来たが、その様子はその後もずっと消えず、立居振舞いもどこかしら投げやりだった。出発を急ぐ風がないので、勤めを馘《くび》になったようにも見えた。ワルワーラはこの息子の帰宅を喜んだ。そしてちょっと狡猾《こうかつ》な目つきでアニシムを眺《なが》めては溜息《ためいき》をつき、しきりに頭を振るのだった。

「一体全体どういうことかしらねえ」と、ワルワーラは言うのである。「だって、二十八にもなるいい若い者が、まだ独《ひと》りでぶらぶらしてるなんて、ねえまったく……」

隣の部屋から聞えるワルワーラの静かで抑揚のない話しぶりは「ねえまったく」の繰返しのように響いた。ワルワーラは老人やアクシーニヤを相手にひそひそ話を始め、すると二人の顔にも、まるで何かの陰謀を企む者のように狡猾で曰《いわ》くありげな表情が浮ぶのだった。

アニシムに嫁を持たせることが決った。

「ねえまったく！……弟はとっくに嫁を貰ったのに」と、ワルワーラは言うのである。「あんたは連れ合いがいないじゃないの、まるで市場に売りに出された雄鶏《おんどり》みたいに。一体どういうことなの、これは。ねえまったく、結婚してしまえば、あとはどうにでもなるのよ。あんたは勤めに出たければ出て、嫁さんは家で手伝いをすればいい。しきたりから外《はず》れた暮しをしてきたので、あんた、しきたりってものをすっかり忘れてしまったみたいね。それが町の人の悪いところよ、ねえまったく」

ツィブーキン家は金持だったから、嫁をとるときはいつもとびきり美人の娘を選ぶのだった。そこでアニシムのためにも美人が物色された。アニシム自身はあまりぱっとしない容貌《ようぼう》の持主だった。弱々しい病人じみた体格で、背も低いのに、ほっぺたばかりが故意にふくらましたようにぽってりと脹《ふく》らんでいた。目はまばたきをせず、目つきは鋭く、赤い顎鬚《あごひげ》はまばらで、何か考えこむとその鬚を口にくわえて噛《か》む癖があった。おまけによく大酒を飲み、そのことは顔つきや歩き方から一目で分るのだった。けれども、たいそう美しい花嫁が見つかったという知らせを聞くと、アニシムは言った。

「そう、まあ、おれだってめっかちじゃないからね。だいたいツィブーキン家の人間はみんな男前なんだ」

町のすぐ近くにトルグーエヴォという村があった。この村は最近その半分が町に合併され、あとの半分は村のままだった。町に合併されたほうに一人の未亡人がいて、自分の小さな家を持っていた。この未亡人の妹は非常に貧しくて日雇い仕事に出ていたが、その妹のほうにリーパという娘がいて、やはり日雇いに出ていた。リーパの器量のよさはトルグーエヴォ村ではすでに評判になっていたが、だれもが戸惑うのはその物凄《ものすご》い貧しさだった。どこかの老人か男やもめが貧しさを意に介さずにリーパを嫁に迎えるか、あるいは「囲う」だけでもいい、そうなれば母親も楽になるだろうに、というのが専《もっぱ》らの取沙汰《とりざた》だった。ワルワーラは取持ち婆さんからリーパの話を聞くと、さっそくトルグーエヴォ村へ出掛けて行った。

まもなくリーパの伯母の家で酒や肴《さかな》を揃《そろ》えて型通りの見合いが行われ、リーパはこの見合いのために新調した薔薇色《ばらいろ》の服を着て、髪には炎のように赤いリボンをきらめかせた。痩《や》せた、弱々しい、生気のない娘で、顔立ちは繊細で優美だったが、戸外の労働のために浅黒く日焼けしていた。その顔には絶えず悲しげな、おずおずした微笑が浮び、まなざしは子供のような信じやすさと好奇心に溢《あふ》れていた。

　まだ少女のように初々《ういうい》しく、胸のふくらみも目立たなかったが、年齢から言えばもう嫁に行ってもいい年頃なのだった。このまことに美しい娘のただ一つ気になる部分といえば、それは男のように大きな両の手で、それは今も二本の大きな蟹《かに》のはさみのように空《むな》しく垂《た》れていた。

「持参金がないことは、私らはいっこうに構いませんよ」と、老人はリーパの伯母に言った。「次男のスチェパンの嫁も貧しい家から貰いましたが、今じゃ、いくら褒《ほ》めても褒めたりない。家の仕事でも商いのほうでも、口八丁手八丁の女でしてね」

　リーパはドアのそばに立ち、『どうにでもして下さい、あなた方を信頼していますから』とでも言いたげな様子であり、日雇いに出ている母親のプラスコーヴィヤは台所に隠れて失神せんばかりにおどおどしていた。昔、まだ若い頃、この女が床洗いに通っていた或る商家の主人が、何かに腹を立てて、いきなりこの女を足蹴《あしげ》にしたことがあり、そのときひどく驚いて気を失いそうになったプラスコーヴィヤの心には、永久に恐怖が巣喰ってしまったのである。それからというもの恐ろしい目にあうといつも手足が震え、頰《ほお》がひきつるのだった。今もこの女は台所に坐って客たちの話を聞き洩《も》らすまいとしながら、絶えず指を額に押しあてるようにして十字を切り、聖像を眺《なが》めるのだった。ほろ酔い加減のアニシムは何度か台所のドアをあけて、無遠慮に話しかけた。

「どうしてそんなとこに坐ってるんです、大事なおっかさん。あんたがいないと淋《さび》しいですよ」

　プラスコーヴィヤはどぎまぎし、痩せこけた胸を両手で抑《おさ》えながら答えた。

「まあ、とんでもございません……ほんとうにもうありがたいことで」

見合いがすむと婚礼の日取りが定められた。そのあと、アニシムは家にいて部屋から部屋へ歩きまわり口笛を吹いているかと思うと、急に何事かを思い出して考えこみ、まるで地の底を覗《のぞ》きこもうとでもいうように、身動きもせず、鋭い目つきで床を睨《にら》みつけるのだった。もうすぐ、春祭《クラースナヤ・ゴールカ》の日に結婚するというのに、嬉《うれ》しそうな様子も見せなければ、花嫁に逢《あ》いたいとも言わず、ただ口笛を吹いているだけだった。つまり、アニシムが結婚するのは明らかに父と継母がそれを望むからであり、家の人手をふやすために息子に嫁を取る習慣がこの村にあるからという、それだけのことなのである。町へ帰る段になっても、アニシムは特に急ぐ風を見せず、概してそれまでの帰省のときとは違って、なんとなく妙に投げやりであり、見当違いのことばかり喋《しゃべ》るのだった。

3

シカーロヴァ村に仕立て物をする鞭打《むちう》ち教徒の二人の姉妹が住んでいた。婚礼用の晴着の注文を受けたこの二人は、たびたび仮縫いをしに通って来ては長いことかかってお茶を飲んだ。ワルワーラは黒いレースとビーズの付いた褐色《かっしょく》のドレスを作り、アクシーニヤは胸の部分が黄色くて長い裾《すそ》の付いた薄緑色の服をこしらえた。仕立てが終ると、ツィブーキンは二人に現金の代りに自分の店の品物を渡し、要りもしないステアリン蠟燭《ろうそく》や鰯《いわし》の包みをかかえてしょんぼりと帰途についた二人の姉妹は、村はずれの野原へ出ると土くれに腰を下ろして泣き出した。

アニシムは婚礼の三日前に上から下まで新調ずくめで帰って来た。足にはぴかぴか光るゴムのオーバーシューズを履《は》き、ネクタイの代りに飾り玉の付いた赤い紐《ひも》を結び、肩にはこれまた新調の外套《がいとう》を、袖《そで》を通さずに羽織っていた。

しかつめらしく神に祈りを捧《ささ》げてから、アニシムは父親に挨拶《あいさつ》をし、一ルーブリ銀貨十枚と五十コペイカ銀貨十枚を贈り、ワルワーラにも同じだけの銀貨を、アクシーニヤには二十五コペイカ銀貨二十枚を贈った。この贈物の何よりの魅力は、これらの銀貨がすべて選《え》り出したように真新しく、日の光にきらきら輝いていることだった。アニシムはしかつめらしく真面目《まじめ》に見せようと努力して、顔面を緊張させ、頰《ほお》をふくらましていたが、近くに寄ると酒の匂《にお》いがした。きっと汽車が駅にとまるたびに食堂へ駆けこんだのだろう。そして今度もまた、この男はなんとなく投げやりで、あらずもがなの態度を示した。やがてアニシムと老人はお茶を飲んで前菜をつまみ、ワルワーラは真新しいルーブリ銀貨をもてあそびながら、町に住む同郷人の消息をあれこれと尋ねた。

「まあ、みんな、なんとか元気にやっていますよ」と、アニシムは言った。「ただ、イワン・エゴーロフの家で不幸があったっけ。婆さんのソフィヤ・ニキーフォロヴナが死んだんです。肺病でね。法事の料理を仕出し屋に頼んで、一人あたま二ルーブリ半かかったそうですよ。葡萄酒《ぶどうしゅ》も出てね。なにしろ百姓連中にも――ここの出だけれども――二ルーブリ半の料理が出たんだから。奴《やつ》ら、なんにも食わなかった。百姓にソースの味が分る筈《はず》はないもんね！」

「二ルーブリ半！」と老人は言い、頭を振った。

「そりゃそうさ。田舎《いなか》じゃないんだから。レストランに入って、軽く一皿か二皿かつまんでるうちに、仲間が集まって一杯ってことになる――気がつくともう夜が明けかけて、一人あたり三、四ルーブリの勘定だからね。サモロードフと一緒のときなんか、奴はめしのあとでコニャック入りのコーヒーを飲むのが好きなんだけれども、そのコニャックたるやグラス一杯が六十コペイカですからね」

「まさか」と老人は茫然《ぼうぜん》として言った。「嘘《うそ》だろう!」

「この頃はサモロードフとよく付き合うんです。ほら、いつも手紙の代筆をしてくれるサモロードフ。字のうまい奴でね。このサモロードフときたらですね、お母さん」アニシムはワルワーラの方に向き直って愉快そうに話を続けた。「話しても信じてもらえないかもしれないな。綽名《あだな》はムフタールっていうんです。アルメニア人みたいに色がまっくろなんでね。ぼくはこいつのことは見通しで、こいつのやってることが掌《たなごころ》を指《さ》すがごとくに分るんですね。むこうもそれに感付いていて、ぼくにへばりついて離れない。今じゃ、ぼくらは水も漏らさぬ仲なんです。むこうはいささか気味が悪いらしいけれども、ぼくから離れちゃ生きていけない。ぼくの行く所はどこへでもついてくる。ぼくはね、お母さん、とっても目が利《き》くんです。古物市を覗《のぞ》くと、百姓がシャツを売っている――待て、そのシャツは盗品だ!――調べると本当にそのシャツは盗品なんです」

「どうして分るの」と、ワルワーラが尋ねた。

「どうしてってことはない、ぼくの目がそうできているんです。それがどんなシャツか分らなくても、どういうわけか、盗品じゃないかと勘が働くんだな。刑事部じゃよくこう言ってます、『ああまたアニシムが山鴫《やましぎ》を撃ちに行ったな!』つまり、盗品を探《さが》しに行ったということなんです。そう……盗みはだれだってできるけれども、問題はどう隠すかでね! 世間は広いようでも盗品を隠す場所はどこにもないんだなあ」

「この村のグントリョフのとこでも先週、牡羊《おひつじ》が一匹と牝羊《めひつじ》が二匹盗まれてね」と、ワルワーラは言い溜息《ためいき》をついた。「でも探す人もいないし……ねえまったく……」

「なんだったら、ぼくが探してもいいですよ。なんの造作もないことだ」

婚礼の日がやって来た。少し寒いが、よく晴れて気持のよい四月の一日《いちじつ》だった。すでに早朝から三頭立てや二頭立ての馬車が、馬の軛《くびき》やたてがみに色とりどりのリボンを付けて、鈴を鳴らしながらウクレーエヴォ村を走りまわった。この馬車の動きに驚いて猫柳《ねこやなぎ》の枝では白嘴鳥《しろはしがらす》が騒ぎ立て、椋鳥《むくどり》たちはツィブーキン家の婚礼を喜ぶかのように、絶え間なく喉《のど》いっぱいに歌った。

家の中ではもういくつかのテーブルに細長い魚や、ハムや、詰め物を入れた鳥や、燻製《くんせい》の鰯《いわし》の箱や、さまざまな塩漬《しおづ》け肉や酢漬け肉、たくさんのウォツカや葡萄酒《ぶどうしゅ》の罎《びん》が並べられ、燻製のソーセージや醗酵《はっこう》させた伊勢海老《いせえび》の匂いがした。そしてテーブルのまわりをツィブーキン老人が踵《かかと》を鳴らし、ナイフとナイフを研《と》ぎ合せながら行き来した。ワルワーラはひっきりなしに呼ばれては何やかやと用事を頼まれ、そのたびに途方に暮れたような顔をして息を切らしながら台所に駆けこんだ。台所ではコスチュコフ家から来た男の料理人と、弟のほうのフルィミン家から来た色の白い料理女とが夜明け前から働いているのだった。アクシーニヤは髪を縮らせ、服をぬいだコルセット姿で、新しい靴をきゅっきゅっと鳴らしながら疾風のように中庭を駆け抜け、そのたびにあらわな膝《ひざ》や胸がちらりと見えるだけだった。家中は騒々しくて、罵倒《ばとう》や誓言の声が聞えた。通行人たちはあけっぱなしの門の前に立ちどまり、何かただならぬことの起りそうな気配がすべてに感じられた。

「花嫁を迎えに行け！」

鈴の音があたりに鳴り響き、村の彼方《かなた》に消えて行った……二時をまわった頃、村人たちが一せいに走って行き、再び鈴の音が聞え、花嫁の到着！　教会は満員で、枝付き燭台《しょくだい》のあかりが燃え、ツィブーキン老人が所望した通り、聖歌隊が楽譜を見ながら歌った。あかりの輝きときらびやかな衣裳《いしょう》にリーパは目が眩《くら》み、聖歌隊の大声は槌《つち》のように頭を叩《たた》くかと思われた。生れて初めて着けたコルセットと編上靴は体《からだ》を締めつけ、花嫁の表情はたった今失神状態から我に返った人のようで、目はあいているが何が何やら分らないのだった。アニシムは黒のフロックコートを着て、ネクタイ代りに赤い紐《ひも》を締め、一点を見つめながら物思いにふけって、聖歌隊の歌声が一段と高まるたびにそそくさと十字を切った。心は感動でいっぱいになり、今にも涙がこぼれそうだった。ここはアニシムには幼い頃から馴染《なじ》みの教会であり、死んだ母親に連れられて来て聖餐《せいさん》を受けたこともあったし、聖歌隊席で少年たちにまじって歌ったこともあった。だからどの片隅《かたすみ》も、どの聖像もはっきりと記憶に残っていた。今こうして、しきたりゆえに結婚することになり、婚礼の式を挙《あ》げているのだが、アニシムはもうそのことを考えず、どうしたわけか結婚式のことなどすっかり忘れていた。涙に聖像が霞《かす》んで見え、胸が締めつけられるようだった。あすにも我が身にふりかかるかもしれぬ避けがたい不幸が、ちょうど日照りどき一滴の雨も降らさず村を避けて通る雨雲のように、なんとか自分の頭上を通りすぎますようにと、アニシムは神に祈った。過去にはあまりにもたくさんの罪業が積み重ねられているから、すべてはもはや取返しのつかぬ、逃《のが》れられぬことであり、赦《ゆる》しを願うのさえなんとなく気がひけるようでもある。しかしアニシムは赦しを乞《こ》い、声をあげてすすり泣きさえしたが、みんなはそれは酒のせいだと思い、特に気にとめる者は一人もなかった。

　おびえた子供の泣き声が聞えた。

「ねえ、おかあちゃん、もう帰ろうよ、ねえってば！」

「静かに」と司祭が叫んだ。

　教会からの帰りには大勢の人がついて来た。店先や、門口や、中庭に面した窓の下にも人が群がっていた。女たちが祝いの歌を歌いにやって来た。新郎新婦が敷居を跨《また》ぐと、途端に、あらかじめ楽譜を持って玄関の間に立っていた聖歌隊が力いっぱい歌い出した。わざわざ町から呼び寄せた楽隊が演奏を始めた。足長の盃《さかずき》に注《つ》いだドン特産のシャンパンが早くも運ばれ、目が殆《ほとん》ど隠れるほど眉毛《まゆげ》のふさふさした背の高い痩《や》せた老人、請負大工のエリザーロフが、新郎新婦にむかって言った。

「娘さん、あんたとアニシムは互いに愛し合い、神の御心《みこころ》に叶《かな》う暮しをするんだよ。そうすりゃ、マリア様が守って下さるからな」それからツィブーキンの肩にすがって、しゃくりあげた。「グリゴーリー・ペトロフ、泣こうじゃないか、嬉《うれ》し涙を流そうじゃないか！」甲高《かんだか》い声でそう言ったかと思うと、突如笑い出し、低音《バス》の大声で喋《しゃべ》り続けた。「ははは！　今度の嫁さんもなかなかいいぞ！　何もかもあるべきところにあって、スムースでがたがない。機械は好調、ねじはたくさん」

この爺《じい》さんはエゴーリエフ郡の生れだが、若い頃からウクレーエヴォ村の工場や、この郡内で働いているうちに、ここに住みついてしまった。もうだいぶ前から爺さんで、今と同じように痩せてひょろ長かったから、「松葉杖《まつばづえ》」というのが昔からの綽名《あだな》だった。四十年以上も工場で機械の修理ばかりやってきたためだろうか、人間や物については専《もっぱ》ら耐久性という面から、つまり修理が必要か否かということでだけ判断した。今テーブルにつくときも、いくつかの椅子にさわって強度を試《ため》してみたし、鮭《さけ》にまでちょっとさわってみたりしたのだった。

シャンパンのあと、一同は食卓についた。客たちは椅子を動かしながら喋りまくった。玄関の間では聖歌隊が歌い、楽隊が演奏し、また同時に中庭では女たちが声を揃《そろ》えて祝い歌を歌い、それらの音が入りまじって凄《すさ》まじい響きになり、頭がくらくらした。

松葉杖は椅子の上でしきりに体を動かし、隣の人を肘《ひじ》でつついて話の腰を折りながら、泣いたり笑ったりした。

「なあ、みんな、なあ……」と、松葉杖は早口に呟《つぶや》いた。「アクシーニヤさんも、ワルワーラさんも、みんな平和に仲良く暮していこうや、なあ、みんないい人ばっかりだ……」

あまり飲めないくちだったから、松葉杖はイギリス製のウォッカ一杯でもう酔っぱらってしまった。何から作ったか知れたものではない、この気味の悪い酒を飲んだ者は、まるで殴《なぐ》られでもしたように意識が混濁してくるのだった。みんな舌がもつれ始めた。

この席には僧侶《そうりよ》や、工場の事務員夫婦や、よその村の商人、居酒屋の亭主などの姿も見えた。村長と村役場の書記も並んで坐っていたが、この二人はもう十四年も一緒に勤めていて、その間、一枚の書類にも署名せず、一人の村人をも騙《だま》したり侮辱したりせずには村役場から帰したことがなく、どちらもよく肥えて、いかにも飽食した様子であり、嘘《うそ》が体中に滲《し》みこんでいるせいか、顔の皮膚までが何やらぺてん師ふうに独特の色をしていた。書記の細君は恐ろしく痩《や》せたやぶにらみの女で、自分の子供たちを一人残らず引連れて来ていたが、まるで猛禽《もうきん》のように方々の皿を斜めに睨《にら》んでは手当り次第に摑《つか》めるだけのものをひっ摑み、自分と子供たちのポケットへ隠すのだった。

リーパは石のように固くなり、教会にいたときと同じ表情をして坐っていた。アニシムはリーパと初めて逢《あ》ったときから一言も言葉をかわしたことがなく、したがってリーパがどんな声の持主なのか、いまだに知らないのだった。今も、並んで坐っていながら黙々とイギリス製のウォッカを飲んでいたが、酔いがまわってくると、向い側にいたリーパの伯母にむかって話し出した。

「ぼくにはサモロードフという名前の友達がいるんです。変った男でしてね。名誉市民で話もうまい。ところが、ぼくはこの男を見通してましてね、むこうもそれに気がついている。そういうわけで、サモロードフの健康のために乾杯しようじゃありませんか、伯母さん！」

ワルワーラは食卓のまわりを回って客たちをもてなし、いかにも疲れきった感じだったが、これほどたくさんの料理がこれほど豊富に並んでいるのだから、だれも文句を言うまいと明らかに満足しているのだった。日が暮れても食事は続いていた。みんなもう何を食べ何を飲んでいるのかも分らず、何を喋っているのか聞きとれず、ただ時たま音楽がやんだとき、中庭でどこかの女がわめいている声がはっきり聞えた。

「ひとの生血をさんざん吸っておいて、よくも罰《ばち》があたらないもんだ、暴君め！」

夜になると音楽に合わせて踊りが始まった。弟のほうのフルィミン一家が酒を下げてやって来て、そのなかの一人がカドリールの最中に、両手に一本ずつ酒壜《さかびん》を持ち口にグラスをくわえて踊り、一同を大笑いさせた。カドリールの途中で、とつぜん屈《かが》み踊りが始まった。緑色の服を着たアクシーニヤは目にもとまらぬ速さで踊り出し、長い裾《すそ》から風が巻き起った。だれかがその裾飾りを踏んで引きちぎり、松葉杖がすかさず叫んだ。

「よお、壁の幅木《はばき》をもぎとった！　いいぞ、いいぞ！」

アクシーニヤの灰色の無邪気な目は殆ど瞬《まばた》きをせず、顔には絶えず無邪気な微笑が浮んでいた。その瞬きをしない目にも、長い頸《くび》の上の小さな頭にも、すんなりした体つきにも、なんとなく蛇《へび》に似た感じがあった。胸の部分が黄色い緑色の服を着て、にっこり笑って人を見つめる様子は、春先の麦畑の若芽の間から鎌首《かまくび》をもたげて通りがかりの人間を眺《なが》める毒蛇にそっくりだった。フルィミン家の連中はアクシーニヤにたいしてたいそう馴《な》れ馴れしく、そのなかの年かさの一人とアクシーニヤがもうだいぶ前から深い仲であることは、だれの目にも明らかだった。だが、耳の遠い夫は何一つ知らず、妻の方を眺めようともせず、足を組んで坐ったまま胡桃《くるみ》を食べ続け、ピストルを撃つような大きな音を立てて胡桃を嚙《か》み割った。

だが、そのときツィブーキン老人みずからが中央に出て来て、自分もロシアの踊りを踊りたいという合図にハンカチを一振りし、賛成のどよめきが家中に、中庭の群衆の間に涌《わ》き起った。

「旦那のお出ましだ！　旦那だ！」

ワルワーラが踊り、老人はただハンカチを振って踵を踏み鳴らしているだけだったが、庭にいた人々は折り重なって窓の中を覗《のぞ》きこみ、大喜びで、この瞬間はツィブーキン老人のすべて——金持であることも、ひどい仕打ちをすることも、赦すのだった。

「うまいぞ、グリゴーリー・ペトロフ！」と群衆の中から声がかかった。「その調子、がんばれよ！　そのぶんならまだ商売のほうも安泰だ！　は、は！」

すべてが終ったのは夜中の一時すぎだった。アニシムは千鳥足で聖歌隊や楽隊に別れの挨拶《あいさつ》をして回り、一人一人に真新しい五十コペイカ銀貨を一枚ずつ配った。老人はよろめきもしなかったが、なんだか一本足で歩くような恰好《かっこう》で客たちを見送り、一人一人に繰返した。

「この婚礼には二千ルーブリかかりました」

みんなが帰り始めたとき、シカーロヴァ村の居酒屋の亭主の上等な袖なし外套《がいとう》がだれかの古い外套と取替えられてしまい、アニシムは突然かっとなって叫び出した。

「待て！　すぐ見つけてやる！　だれが盗んだか分ってるんだ！　待て！」

アニシムは通りへ駆け出し、だれかを追いかけた。その男は捕まり、腕を取られて連れ戻された。酔って、怒りに顔を赤く染め、汗びっしょりのその男は、伯母がもうリーパの衣裳《いしょう》を脱がせ始めていた部屋に押しこまれ、鍵《かぎ》をかけて閉じこめられた。

4

五日経《た》った。出発の支度《したく》をすませたアニシムは、別れの挨拶《あいさつ》をしに二階のワルワーラの部屋へ行った。その部屋では燈明という燈明に火がともり、香の匂《にお》いが立ちこめ、ワルワーラ自身は窓ぎわに坐って、赤い毛糸で靴下を編んでいた。

「僅《わず》かの間しか家にいなかったのね」と、ワルワーラは言った。「退屈したんでしょ、きっと？ねえまったく……うちは結構な暮しよ、なんでもたくさんあるし、あんたの結婚式はしきたり通りにちゃんとすませたし。二千ルーブリかかったなんてお爺さんは言ってるでしょ。まあ一人前の商人らしい暮しだけど、ただ退屈なのはどうしようもない。村の人たちには阿漕《あこぎ》な商いをしてるしね。ほんとに、どんなに阿漕な商いをしてるか、考えると胸が痛くなるのよ！　馬の仲買いにしろ、品物の仕入れにしろ、人を雇うときにしろ、いつもごまかしだものね。ごまかしばっかりよ。お店の精進油なんか苦《にが》くて臭くって、あれじゃタールのほうがまだましかもしれない。ねえ、一体全体どうして上等な油を売っちゃいけないんだろうね」

「分相応ということがあるでしょう、お母さん」

「だって、いずれはあの世へ行く身じゃないの。ああ、ああ、ほんとに、一度あんたからお父さんに話してみてくれたらいいのに！……」

「お母さんが自分で言えばいい」

「それなのよ！　私だって言いたいことは言うんだけど、お父さんはあんたと同じように分相応だの一点張りでしょう。まあ何がどう分相応なのかは、あの世でお調べがあるからいいけれど。神様のお裁《さば》きは間違いないんだものね」

「いやあ、べつにだれもあの世で調べやしませんよ」と、アニシムは言って溜息《ためいき》をついた。「だって神様なんていやしないんですからね、お母さん。お調べもへったくれもありゃしない！」

ワルワーラはびっくりしてアニシムの顔を見つめ、手を打って笑い出した。その心からの驚き方と、まるで奇人でも眺《なが》めるような目つきに照れて、アニシムは言った。

「いや、神様はいるんだろうけれども、信仰がないんだな。結婚式のとき、ぼくは妙な気持だった。雌鶏《めんどり》の抱いている卵を取上げると、卵の中でひよこがぴよぴよ鳴いていることがあるでしょう。そんなふうに、ぼくの中で急に良心が啼《な》き出して、結婚式の間中、神様はいるんだ！　そう思い続けていたんです。ところが教会から一歩外へ出ると、何もかも消えちゃった。だいたい神様がいるかいないかなんて、ぼくに分るわけがないでしょう。うちじゃ子供の頃そんなことは教えてくれなかったし、おっかさんのおっぱいをしゃぶっていた時分から教えられたことといったら、それこそ分相応ってことだけだもの。父さんにしたって神様は信じていない。いつか、お母さん、グントリョフの羊が盗まれた話をしていたでしょう……ぼくは調べたんです。そしたら犯人はシカーロヴァ村の百姓で、盗んだのはそいつなんだけれども、毛皮は父さんが持っていた……そんなものですよ、信仰なんてのは！」

アニシムは片目をつぶってみせ、頭を振った。

「村長だって神様なんか信じていない」と、アニシムは話を続けた。「書記も、寺男もね。それでも教会へ通ったり精進を守ったりするのは、人に悪い噂《うわさ》を立てられると困るし、ひょっとすると最後の審判が本当にあるかもしれないと思うからなんだ。この頃よく、子が親を敬わなくなった、人間は弱くなった、これじゃ世も末だなんて言うけれども、馬鹿《ばか》げた話だと思いますね。ぼくの考えじゃ、お母さん、そもそも人間の不幸というものは良心の不足から生じるものなんです。ぼくはなんでも見通しですからね、お母さん。盗品のシャツを着ている奴《やつ》なんか一目で分る。食堂に一人の男が坐っているとして、ちょっと見にはただお茶を飲んでいるだけのように見えても、ぼくが見れば、お茶は依然としてお茶だけれども、それ以外にですね、そいつに良心がないってことがすぐ分るんです。一日いっぱい町を歩きまわったって、良心のある人間は一人もいやしない。それというのも、神がいるのかいないのか、だれも知らないからなんだな……じゃ、お母さん、さようなら。くれぐれも達者でいて下さい。ぼくのことをあんまり悪く思わないで下さいね」

アニシムはワルワーラにむかって深く頭を下げた。

「お母さんにはつくづく感謝しています」とアニシムは言った。「うちの一家はお母さんのおかげでずいぶん得をしていますからね。お母さんは本当に立派な方だから、ぼくはとても嬉《うれ》しいんです」

感きわまったようにアニシムは出て行ったが、また戻って来て言った。

「実はサモロードフのせいで或《あ》る仕事に巻きこまれましてね。ぼくは金持になるか、身を滅ぼすか、二つに一つなんです。ぼくの身に万一のことがあったら、おやじを慰めてやって下さいね、お母さん」

「まあ、なんてことを言うのよ！　ねえまったく……でも神様はお情け深いから大丈夫よ。それより、アニシム、あんた自分の奥さんをもっと可愛がってあげなさいな。お互いにふくれ面《つら》ばかりしてないで。せめて笑顔ぐらい見せ合うものよ」

「そう、あの子はちょっと変ってるな……」とアニシムは言い、溜息《ためいき》をついた。「なんにも分らずに黙りこくってばかりですからね。まだ子供だから、もう少し大人になれば変るかもしれないが」

玄関の前には、すでに背の高いよく肥えた白い種馬が無蓋《むがい》馬車を引いて立っていた。ツィブーキン老人が走って来て、若々しい身のこなしで乗りこみ、手綱を取った。アニシムはワルワーラやアクシーニヤや弟と別れの接吻《せっぷん》をかわした。玄関口にはリーパも立っていたが、身動きもせず、まるで見送りに出て来たのではなくただなんとなくそこに居合せたように、そっぽを向いていた。アニシムは近寄って、リーパの頰《ほお》にごく軽く唇《くちびる》を触れた。

「さようなら」とアニシムは言った。

するとリーパは夫から目をそむけたまま、なんとなく奇妙な笑みを浮べた。その顔が震え始め、みんなはなぜかリーパが気の毒になった。アニシムは老人に続いて馬車に飛び乗り、自分では美男子のつもりなのだろう、両手を腰にあてて身をそらした。

馬車が谷間から出て行く間中、アニシムは絶えず振返って村を眺《なが》めた。暖かい明るい日だった。一頭今年初めて野原に連れ出された家畜の群れのそばを、晴着姿の娘や女房たちが歩いていた。一頭の栗色《くりいろ》の牡牛《おうし》が自由を喜ぶように啼《な》きながら、前足で地面を掘っていた。上でも下でも到《いた》る所で雲雀《ひばり》が歌っていた。アニシムは振返って、均整のとれた白い教会の建物――最近白く塗りかえられたのである――を眺め、五日前にそこで自分が神に祈ったことを思い出した。それから小学校の緑色の屋根や、むかし泳いだり魚釣りをしたりした小川を振返った。すると喜ばしさが胸にこみあげ、今とつぜん大地から壁がそびえ立って行手をさえぎり自分が過去と二人きりになれたらいい、と思ったりするのだった。

駅に着くと食堂に入り、シェリー酒を一杯ずつ飲んだ。勘定を払おうと、老人がポケットの財布に手をやった。

「ぼくがおごります!」と、アニシムが言った。

老人は感激して息子の肩を叩《たた》き、どうです、うちの息子は、と言わんばかりに食堂の主人に目配せした。

「アニシム、お前、うちに残って商売を手伝ってくれるといいのに」と老人は言った。「町に行かせるのはもったいないよ! 爪先《つまさき》から頭のてっぺんまで金《きん》ずくめにしてやれるのに」

「それがどうしても駄目なんだよ、お父さん」

シェリー酒は酸《す》っぱくて封蠟《ふうろう》の匂いがしたが、二人はもう一杯ずつ飲んだ。

老人が駅から帰って来たとき、若い嫁はまるで別人のようだった。夫が出発してしまうや否や、リーパは人が変ったように突然ほがらかになったのである。はだしで、よれよれの古いスカートをはき、袖《そで》を肩までたくし上げて、玄関の間の階段を洗いながら、鈴を振るような細い声でリーパは歌っていたが、やがて汚れ水の入った大きな桶《おけ》を持って外へ出て来て、子供っぽい笑顔で太陽を振仰いだときには、あたかも一羽の雲雀が舞い下りてきたように見えた。

戸口の前を通りかかった年寄りの使用人は頭を振り、満足そうに喉《のど》を鳴らした。

「グリゴーリー・ペトロフ、あんたのとこの嫁さんは揃《そろ》いも揃って神様の授かりものだよ！」と、その使用人は言った。「女じゃなくて宝ものだな！」

5

七月八日の金曜日に、松葉《まつは》杖《づえ》という綽名《あだな》のエリザーロフは、リーパと連れ立ってカザンスコエ村から帰途に着いた。その村の教会のお祭り——カザン聖母祭があって、参詣《さんけい》に行った帰りである。リーパの母親のプラスコーヴィヤは病身で息切れがするためにとかく後《おく》れがちで、今もずっとうしろを歩いていた。もう日暮れに近い時刻だった。

「へえ！……」と、リーパの話を聴《き》きながら松葉杖はしきりに驚いた。「へえ！……それで？」

「私ジャムが大好きなのよ、イリヤ・マカールイチ」と、リーパが言った。「自分のお部屋に坐って、しょっちゅうジャムでお茶を飲んでいるの。でなきゃ、ワルワーラ・ニコラーエヴナと一緒に飲むんだけど、あのひとはいつも何かしんみりしたお話をしてくれる。あの家にはジャムがたくさんあるのよ——壺《つぼ》に四つも。『お食べ、リーパ、遠慮しないで』って言ってくれるの」

「ほう！……壺に四つも！」

「豪勢な暮しよ。白パンでお茶を飲むし、牛肉も食べ放題。豪勢な暮しだけど、あの家はこわいわ、イリヤ・マカールイチ。とってもこわい！」

「一体何がこわいんだね」と松葉杖は尋ね、プラスコーヴィヤが離れすぎないかどうか見ようと後ろを振返った。

「初め、結婚式の頃はアニシム・グリゴーリチがこわかったわ。べつに叱《しか》ったりするわけじゃないんだけど、あの人がそばに来ただけで体《からだ》じゅうに、骨まで寒気がするみたいなの。だから一晩じゅう眠らずに、がたがた震えながら神様にお祈りしたわ。でも、この頃こわいのはアクシーニヤなのよ、イリヤ・マカールイチ。あの人もどうってことなくて、いつもにこにこしてるだけなんだけど、たまに窓の方をじろっと見るときなんか、目つきがとても強《きつ》くて、その目が羊小屋の中の羊みたいに緑色に光るの。弟のほうのフルィミンの家の人たちがこの頃アクシーニヤをよくけしかけてるわ。『あんたの爺さんがブチョーキノ村に持ってる四十ヘクタールばかりの土地だがな、あそこには砂もあれば水もあるんだから、どうだね、アクシーニヤさんや、あそこに煉《れん》瓦《が》工場を建てなよ、われわれも力を貸すから』なんてね。煉瓦は今千個で二十ルーブリもするのよ。割のいい仕事なの。きのうアクシーニヤが食事のときお爺さんに言ったわ、『私ブチョーキノ村に煉瓦工場を建てて、自分で商売をやりたいんだけど』そう言ってにっこり笑ったの。そしたらグリゴーリー・ペトローヴィチはいやな顔をした。話が気にくわなかったのね。『わしが生きてるうちは分散しちゃいかん、みんな一緒にやらなきゃ』そしたらアクシーニヤはこわい目をして歯ぎしりしたわ……ホットケーキが出ても食べないの！」

「ほう！……」と松葉杖は驚いた。「食べないのか！」

「それから、あの人がいつ寝るのか、だれかに教えてもらいたいわ！」とリーパは話を続けた。

「いつだって三十分くらい眠ったと思うと、すぐ飛び起きて、百姓が何かに火をつけやしないか、何か盗まれやしないかって見てまわるの……アクシーニヤと一緒に暮すのはこわいわ、イリヤ・マカールイチ！　そういえばフルィミンの弟のほうの家じゃ、結婚披露《ひろう》のあと寝もしないで、すぐ町へ訴訟を起しに行ったんだって。噂《うわさ》じゃアクシーニヤのことが原因だって言ってるわ。二人の兄弟がアクシーニヤに工場を建ててやるって約束して、もう一人が腹を立てて、それでもう工場は一カ月もお休みでしょう、私の伯父のプローホルなんか仕事がないもんだから、パン屑《くず》を貰《もら》って歩いてるわ。伯父さん、当座しのぎに野良《のら》へ出るなり薪《まき》を挽《ひ》くなりしたらどうなの、そんな恥さらしな真似《まね》をしないでよ、って言ってやったの。そしたら、『百姓仕事から離れちまったから、おれ、もうなんにもできないんだよ、リーパちゃん！……』だって」

若い山鳴《やまならし》の林のそばで二人はひと休みし、プラスコーヴィヤが追いつくのを待った。エリザーロフはもうだいぶ前から請負大工をやっていたが、自分の馬を持たず、パンと玉ねぎを入れた袋一つをぶらさげて郡内のどこへでも徒歩で出かけて行くのだった。手を振って大股《おおまた》に歩くので、この老人と並んで歩くのはなかなか骨が折れた。

林の入口に境界標が立っていた。それが頑丈《がんじょう》かどうか、エリザーロフはちょっと手でさわってみた。プラスコーヴィヤが息を切らしながら追いついてきた。普段は脅《おび》えきった皺《しわ》だらけの顔が幸福そうに輝いていた。今日は人並みに教会にお参りし、それから定期市を見て歩き、そこで梨《なし》のクワスを飲んだのである！　こんなことは滅多にないことなので、今のプラスコーヴィヤにしてみれば楽しく一日を送ったのは今日が生れて初めてのような気がするのだった。三人は少し休んでから並んで歩き出した。日はすでに沈みかけて、その光線が林をつらぬき木の幹を照らしていた。前方から騒がしい人声が伝わってきた。ウクレーエヴォ村の娘たちはだいぶ前に三人を追い越して行ったのだが、この林でたぶん茸《きのこ》でも取っていて遅くなったのだろう。「おおい、別嬪《べっぴん》さんたちやあい！」

「おおい、娘さんたちやあい！」と、エリザーロフが叫んだ。

それに応《こた》えて笑い声が聞えた。

「松葉杖が来るわよ！　松葉杖！　へんな爺さん！」

こだまも笑っていた。まもなく林もうしろに遠ざかった。すでに工場の煙突のてっぺんが見え、鐘楼の十字架がきらりと光った。そこが「寺男が葬式のときイクラをありったけ平らげた」村である。ここまで来ればもう殆《ほとん》ど家に帰ったようなもので、あとはこの大きな谷間へ下りて行けばいいのだった。はだしで歩いていたリーパとプラスコーヴィヤは、靴をはこうと草の上に腰を下ろした。請負大工も一緒に坐った。上から見ればウクレーエヴォ村は猫柳《ねこやなぎ》の木があり、白い教会があり、小川がありで、なかなか美しい静かな村に見え、目ざわりなのは経費の節約のために黒ずんだ汚《きた》ない色に塗られた工場の屋根だけだった。向い側の斜面に見えるのはライ麦畑で、まるで嵐《あらし》に吹き散らされたように麦束の山があちこちに散らばり、刈りとられたばかりの束は列をなして並んでいた。燕麦《からすむぎ》もうすっかり実って、日の光に真珠貝《あこやがい》のようにきらめいていた。刈入れは今まさに酣《たけなわ》なのである。今日は祭日で、あすの土曜にはライ麦を刈り乾草《ほしくさ》を運び、次の日は日曜で、また休みになる。毎日、遠雷が鳴り、むしむしして、ひと雨来そうな気配が続き、今こうして畑を眺《なが》めていると、だれもが穀物の取入れがぶじにすみますようにと思い、陽気で喜ばしい、しかも不安な気分になるのだった。

「この頃じゃ麦刈りはいいお金になる」と、プラスコーヴィヤが言った。「一ルーブリ四十コペイカの日当だって！」

カザンスコエ村の定期市から帰る人の列がひっきりなしに続いていた。女たち、新しい縁《ふち》なし帽子をかぶった職工たち、乞食《こじき》たち、子供たち……埃《ほこり》を立てながら荷馬車が通りすぎ、そのあとを売れ残った馬が売られなかったことを喜ぶように走って行くかと思うと、強情を張る牝牛《めうし》が角を引かれて連れられて行き、かと思うと又もや荷馬車で、酔った百姓たちが足をぶらぶらさせて乗っていたりした。一人の老婆は、大きな帽子をかぶり大きな長靴をはいた男の子の手を引いていた。暑さと、膝《ひざ》が曲げられないほど大きな長靴とのせいで、男の子はへとへとに疲れていたが、それでもひっきりなしに力いっぱい玩具《おもちゃ》のラッパを吹いていた。もう坂道を下り、往来へ曲ってしまったのに、ラッパの音はまだ聞えた。

「ここの工場の親方連中はどうも気が立っているようだ……」と、エリザーロフが言った。「困ったことさ！　コスチュコフがわしを怒鳴りつけてな。『蛇腹《じゃばら》に小割《こわり》を使いすぎた』って。使いすぎたとはなんだい。要《い》るだけしか使わないよ、ワシーリー・ダニールイチ。まさか小割を粥《かゆ》に入れて食ったわけでもあるまいし。そう言ってやったらさ、『よくもこのおれにそんな口がきけるな。大馬鹿野郎め！　図に乗るな！　お前を請負大工にしてやったのはこのおれだぞ！』って怒鳴るんだ。へえ、そりゃ初耳だ、って言ってやったよ。請負大工になる前だって毎日お茶ぐらいは飲んでいましたよ、ってね。そしたら、『お前らみんなペテン師だ』だとさ……わしはもうなんにも言わなかったよ。この世でわしらがペテン師なら、あの世じゃお前さんらがペテン師になるんだ、って思ったけどさ。は、は、は！　あくる日、折れてきやがった。『きのうはあんなこと言ったが、腹を立てないでくれよ、マカールイチ。おれが余計なことを言ったとしても、それはそれでいいじゃないか。憚《はばか》りながらおれは第一級の商人で、お前よりはえらいんだからな。お前は口答えなんかするもんじゃない』だとさ。わしは言ってやった、あんたはなるほど第一級の商人で、わしは大工だ、そりゃ間違いない。ところで、ヨセフ聖者様も大工だった。だから大工というのは神様の御心《みこころ》に叶《かな》う正しい仕事なんだが、ワシーリー・ダニールイチ、あんたがどうしても自分のほうがえらいと思いたいんなら、それはそれでも構わないさ、ってね。そのあとで、つまり、そんな話をしたあとで、わしは考えたよ、一体どっちがえらいんだろう。第一級の商人か、大工か。いや、やっぱり大工のほうがえらいんだよ、そうじゃないかね！」

松葉杖は少し考えてから付け加えた。

「そうに決ってるとも。働いて、じっと辛抱している人間のほうがえらいのさ」

日はすでに沈み、川面《かわも》や教会の構内や工場のまわりの空地《あきち》には、牛乳のように白い濃い霧が立ちこめていた。闇《やみ》が急速に迫ってきて、眼下に灯がまたたき、霧がその下に底なしの深淵《しんえん》を隠しているように見える今、生れつき貧しいリーパとその母親、自分たちの脅《おび》えきったつつましい魂のほかはすべてを他人に与え、貧しいまま一生をすごす覚悟でいるこの二人の心にも、ひょっとするとこの瞬間、この巨大で神秘的な世界、果てしない生活の連なりの中にあって自分たちもまた一つの力であり、だれかよりはえらいのだという思いがひらめいたかもしれない。この高台に坐っているのはいい気分であり、二人は幸福そうに微笑《ほほえ》んで、いずれは下へ帰らねばならぬことを忘れていた。

とうとう家に帰りついた。門や、店の前の地べたに、麦刈り人夫たちが腰を下ろしていた。ウクレーエヴォ村の人たちは通常ツィブーキンの家には働きに来なかったから、いつもよそから人を雇わねばならず、今も闇の中に坐っているのは長い黒い顎鬚《あごひげ》を生《は》やした男たちのようだった。店は開いていて、耳の遠い次男が子供相手に碁を打っているのが戸口から見えた。麦刈り人夫たちは聞えるか聞えないかぐらいの声で歌ったり、きのうの分の賃銀を払ってくれと大声で頼んだりしていたが、あしたまで人夫たちを引きとめておくために賃銀は支払われなかった。フロックをぬぎ、チョッキだけを着たツィブーキン老人は、家の入口の白樺《しらかば》の木の下でアクシーニヤとお茶を飲んでいた。テーブルの上にはランプがともっていた。

「おじいちゃんよお！」と、門の外で一人の麦刈り人夫がからかうように言った。「せめて半分でも払ってくれよ！　おじいちゃんたらよお！」

とたんに笑い声が聞え、それからまた低い声で唄が始まった……松葉杖もお茶の席に加わった。

「いや、わしらは定期市へ行って来たんだがね」と、松葉杖は語り始めた。「ぶらぶら歩いて、おかげさまで実にいい気分だった。ところが、ちょっといやなことがあってな。鍛冶屋《かじや》のサーシカが煙草を買って、その商人に五十コペイカ銀貨を渡したんだ。その銀貨が贋金《にせがね》なのさ」松葉杖は喋《しゃべ》りながらあたりを見まわした。自分ではひそひそ声で喋っているつもりなのだが、押し殺したような嗄《しわが》れ声はだれの耳にも聞えた。「贋金だったんだよ、その銀貨がさ。どこで手に入れたって訊《き》かれると、アニシム・ツィブーキンに貰ったんだと言う。アニシムの結婚披露《ひろう》で飲んでいたときにな……巡査が呼ばれて、サーシカは連れられて行ったがね……気をつけなよ、ペトローヴィチ、ひょっとして悪い噂《うわさ》を立てられたら……」

「おじいちゃんよお！」と門の外で同じ声がからかい半分に叫んだ。「おじいちゃんよお！」

沈黙が流れた。

「ああ、こりゃどうも、なんともはや……」と松葉杖は早口に呟《つぶや》き、立ちあがった。眠気に逆《さか》らえなくなったのだろう。「さて、お茶と砂糖をどうもありがとう。もう寝なくちゃ。わしも老いぼれたなあ、体中の梁《はり》がみな腐っちまった。は、は、は！」

そして出て行きながら、

「もう年貢《ねんぐ》の納め時なんだよ、きっと！」

と言って啜《すす》り泣いた。ツィブーキン老人はお茶を飲みかけで、なお暫《しばら》く坐って考えこんでいた。その表情は、もう通りの遥《はる》か彼方《かなた》へ行ってしまった松葉杖の足音に耳を澄ましているように見えた。

「鍛冶屋のサーシカはきっとでたらめを言ったのよ」と、アクシーニヤが老人の考えを察して言った。

老人は家の中へ入って行き、少し経《た》つと包みを手にして戻って来た。包みをあけると、真新しいルーブリ銀貨が光った。老人は一枚を手に取り、歯で噛《か》んでみて、盆《ぼん》の上に放り投げた。それから次の一枚も放り投げた……

「ほんとにこの金は賈金だ……」と、アクシーニヤの顔を見ながら、信じられないように老人は言った。「これは……あのときアニシムが持って来た贈物だ。アクシーニヤ、お前これを持って行って」——囁《ささや》きながら嫁の手に包みを押しつけた——「持って行って、井戸ん中に捨てろ……こんなもの！　噂を立てられんように気をつけろよ。とんでもないことにならんように……サモワールを片付けて、あかりを消すんだ……」

リーパとプラスコーヴィヤは納屋に坐って、あかりが一つ一つ消えて行くのを眺めていた。二階のワルワーラの部屋にだけは青と赤の燈明がともっていて、そこだけに安らかで満ち足りた、のんきな雰囲気《ふんいき》が漂っていた。プラスコーヴィヤは自分の娘が金持の家に嫁いだという事実にどうしても馴《な》れることができないので、いつもこの家にやって来ると入口の間に身をちぢめ、申しわけなさそうな笑顔でお茶や砂糖の接待を受けるのだった。リーパもやはり馴れることができず、夫が出立したあとは自分のベッドで寝ずに、行き当りばったり——台所や納屋で眠り、毎日のように床を洗ったり洗濯をしたりするので、まるで日雇い仕事に来ているような気持だった。今、お参りから戻った二人は台所で料理女と一緒にお茶を飲み、それから納屋に入って、橇《そり》と壁の間の床に横たわった。そこは暗くて、馬具の匂《にお》いがした。家のまわりの明りが消えると、耳の遠い次男が店を閉める音や、麦刈り人夫たちが中庭で寝支度《ねじたく》をする音が聞えた。遠くのフルィミンの弟のほうの家では、だれかが高価なアコーデオンを弾《ひ》いていた……プラスコーヴィヤとリーパはやがて眠りに落ちた。

だれかの足音で目が醒《さ》めたとき、外は月の光に明るかった。納屋の入口に、夜具をかかえたアクシーニヤが立っていた。

「ここのほうが涼しそうね……」とアクシーニヤは言い、入って来ると敷居のすぐそばに横になって、月の光に全身をさらした。

だがなかなか寝つかれずに、溜息《ためいき》ばかりつき、暑さに寝返りを打つうちに、着ているものを殆《ほとん》どぜんぶ剥《は》いでしまった——魔法のような月の光に、それはまたなんと美しい、なんと誇らしげな生きものだったことだろう！　暫《しばら》くして、また足音が聞えた。戸口に全身白ずくめの老人が現われた。

「アクシーニヤ！」と老人は呼んだ。「ここにいるのか」

「いますよ！」と、アクシーニヤは腹立たしげに答えた。

「さっき金を井戸に捨てろと言ったな。捨てたか」

「とんでもない、お宝を水の中に捨てるなんて！　人夫たちにやりましたよ……」

「なんてことを！」と老人は仰天して言った。「お前という女は向う見ずな……なんてことを！」いまいましげに両手を打合せて老人は立ち去ったが、歩きながらまだ何か呟《つぶや》いていた。少し経ってアクシーニヤは体を起し、腹立たしそうに深い溜息をついて立ちあがり、夜具を両手でかかえて出て行った。

「ねえ、母さん、どうして私をこんな家にお嫁入りさせたの！」と、リーパが言った。

「だってお嫁に行かないわけにはいかないだろう。昔からそういうきまりになっているのよ」

そして慰めのない悲しみが二人の心を捉《とら》えようとしていた。だが空の高み、あの青々とした所、星々の輝くあたりから、だれかが下界を見下ろし、ウクレーエヴォ村の出来事を逐一眺《なが》め、見張っているのだと二人は思った。悪がどんなに大きかろうと、夜はやはり静かで美しく、この世には同じように静かで美しい真実というものが現在も未来も存在するのだ。そして地上の一切のものは、月の光が夜と溶け合うように、その真実と溶け合うことをひたすら待ち望んでいるのだ。気持の鎮《しず》まった二人は、お互いに身を寄せ合って眠りに落ちた。

6

アニシムが贋金《にせがね》の製造と頒布《はんぷ》の廉《かど》で投獄されたという知らせが来たのは、もうだいぶ前のことだった。幾月か経《た》ち、半年以上も経って、長い冬も過ぎ去り春が来た頃には、アニシムが監獄に入っているということに、家の者も村人たちも馴《な》れてしまった。そして夜ふけにだれかがこの家や店の前を通るとき、アニシムが監獄にいることがふと思い出されるのだった。村の墓地で鐘が鳴るときも、どういうわけか、彼が監獄にいて裁判を待っていることが思い出された。

ツィブーキン家には影が覆《おお》いかぶさったように見えた。家は黒ずみ、屋根は赤く銹《さ》び、緑色に塗られた重い鉄張りの店の扉《とびら》はいくらか色がくすんで、耳の遠い次男の言葉を借りれば「ざりざりになった」。ツィブーキン老人自身もなんとなく黒ずんだように見えた。久しく鋏《はさみ》を入れないので髪や髭《ひげ》は伸び放題だったし、馬車に乗るときももう弾《はず》みをつけて跳《と》び乗りはしなかったし、乞食《こじき》にむかって「神様に貰《もら》え、神様に！」とどなることもなかった。勢力が衰えたことは、すべてのことに認められた。村人たちももう以前ほどこの老人をこわがらなかったし、巡査もそれまで通り貰《もら》うものは貰っていながら、店へ来て始末書を取るようになった。そして酒の密売で裁判を受けるために三度も町へ呼び出された老人は、証人が出頭しないために三度とも審理は延期されたので、すっかり気を腐らせていた。

　息子との面会に老人はよく出掛けて行き、人を雇ったり、だれかに請願書を出したり、どこかへ教会旗を寄付したりした。アニシムが入っている監獄の所長には、『魂は節度を知る』とエナメルで銘を入れた銀のコップ受けと長い匙《さじ》を贈った。

「骨折ってくれる人がいないものね、骨折ってくれる人が」と、ワルワーラは言った。「ねえまったく……だれか旦那《だんな》衆に頼んで、長官様に一筆書いてもらったらどうかしら……せめて裁判まで保釈にしてもらえないものかねえ！　なんであの子を苦しめるんだろう！」

　ワルワーラも悲しんではいたのだが、体はますます肥って色が白くなり、相変らず自分の部屋に燈明をともしたり、家中が清潔であるように気を配ったり、ジャムやりんご菓子をお客に御馳《ごち》走《そう》したりしていた。耳の遠い次男とアクシーニヤは店の商売を続けていた。新しい仕事――ブチョーキノ村の煉瓦《れんが》工場の仕事が企てられ、アクシーニヤは殆《ほとん》ど毎日、馬車でそこへ通っていた。手綱《たづな》をさばくのはアクシーニヤ自身で、知人に出逢《であ》うたびにこの女はまだ若いライ麦畑から鎌首《かまくび》をもたげる蛇《へび》のように頸《くび》を伸ばし、無邪気な謎《なぞ》めいた笑《え》みを浮べるのだった。一方、リーパは大斎期の前に生れた自分の赤ん坊をあやしてばかりいた。それは小さな、痩《や》せた、哀れっぽい赤ん坊で、泣いたり目を見張ったり、ニキーフォルと呼ばれて人間扱いされたりしていることが不思議なくらいだった。赤ん坊はゆりかごに寝かされているのだが、リーパはわざわざ戸口まで離れて行って、お辞儀をしながら話しかけた。

「こんにちは、ニキーフォル・アニシームイチ！」

それから大急ぎで走って行って、赤ん坊にキスした。それからまた戸口まで離れて、お辞儀をしながら繰返した。

「こんにちは、ニキーフォル・アニシームイチ！」

赤ん坊は小さな赤い足をばたばたさせながら、大工のエリザーロフのように、泣くとも笑うともつかぬ声を挙げるのだった。

やっと裁判の日が決った。その五日ばかり前に老人は出掛けて行った。そのあとで、証人に呼び出された百姓たちが村から強制的に連れて行かれたという噂《うわさ》が立った。例の年寄りの使用人も呼び出し状を受けとって、出掛けて行った。

裁判は木曜日だった。だがもう日曜も過ぎたというのに老人はまだ帰らず、なんの知らせもなかった。火曜日の夕方、ワルワーラは開《あ》け放した窓のそばに坐り、老人が帰らないかと聞き耳を立てていた。隣の部屋では、リーパが赤ん坊をあやしていた。両手で赤ん坊を高く差上げながら、リーパはうっとりした調子で話しかけていた。

「大きくなるのよ、うんと大きくね！　そうして百姓になったら、一緒に日雇いに出ようね！日雇いに出ようね！」

「まあまあ！」と、ワルワーラは腹を立てて言った。「日雇いに出ようなんて、馬鹿ねえ。その子はこの家で商売を継ぐのよ！……」

リーパは低い声で歌を歌い出したが、少し経つとまた我を忘れて言った。

「大きくなるのよ、大きくなって、百姓になって、一緒に日雇いに出ようね！」

「まあ！　またそんな！」

リーパはニキーフォルを抱いて戸口に現われ、尋ねた。

「お母さん、私どうしてこの子がこんなに好きなんでしょう。どうしてこんなにかわいいのかしら」と、リーパは震える声で喋《しゃべ》り続け、その目に涙が光った。「この子は誰なのかしら。どんな人になるの。小鳥の羽みたいに、パン屑《くず》みたいに軽いけど、私は大好きなの、一人前の人間みたいに好きなの。ほら、まだ何もできないし、口もきけないけど、このちっちゃなお目々を見れば、何を欲《ほ》しがってるか、ちゃあんと分るのよ」

ワルワーラは聞き耳を立てた。夕方の汽車が停車場に近づいてくる音が聞えたのである。老人が帰って来たのではないだろうか。もうリーパの話は耳にも頭にも入らず、時の経つのを忘れて、ワルワーラはただ全身を震わせていたが、それは恐怖のためではなく強い好奇心のためなのだった。大勢の百姓たちを乗せた一台の荷馬車が騒々しい音を立てて走ってくるのが、ワルワーラの目に映った。駅から証人たちが帰って来たのである。荷馬車が店の前を走り過ぎるとき、年寄りの使用人が跳《と》び下りて中庭へ入って来た。中庭で挨拶《あいさつ》をかわす声や、その使用人に何か尋ねる声が聞えてきた……

「市民権と全財産の判決だ（訳注　剝奪「リシェーニエ」を判決「レシェーニエ」とまちがえた）」と、使用人は大声で言った。「シベリアへ六年の懲役だとさ」

店の裏口からアクシーニヤが出てくるのが見えた。石油を売っていたところらしく、片手に壜《びん》を握り、もう一方の手に漏斗《じょうご》を持ち、口には何枚かの銀貨をくわえていた。

「お父さんは？」と、アクシーニヤは銀貨をくわえたまま妙な発音で尋ねた。

「停車場ですよ」と使用人は答えた。『もう少し暗くなったら帰る』っておっしゃってました」

アニシムに懲役の判決が下ったということが家中に知れ渡ると、台所にいた料理女はそうすることが礼儀だと思ったのか、まるで葬式の泣き女のように突如大声で泣き叫んだ。

「ああ、アニシム・グリゴーリチ、鷹《たか》のように立派なお方なのに、どうして私らをお見捨てなさったんだろう……」

犬たちが興奮して吠《ほ》え始めた。ワルワーラは窓に駆け寄り、悲しみに動転しながらも、ありったけの声で料理女を叱《しか》り始めた。

「やめなさい、スチェパニーダ、やめなさいってば！　お願いだから私を苦しめないでおくれ！」

みんなもうサモワールを出すことさえ忘れ、何をどうしたらいいのか考えがさっぱりまとまらないのだった。リーパだけが事情を理解できずに、赤ん坊に夢中になっていた。

老人が駅から帰って来たとき、みんなはもう何も尋ねなかった。挨拶をかわすと老人は無言で部屋から部屋へ歩きまわった。夜食も食べようとしなかった。

「骨折ってくれる人がいないものね……」と、二人きりになったときワルワーラが喋《しゃべ》り出した。

「旦那衆《だんなしゅう》に頼んだらって言ったのに、聞いてくれないんだもの……請願書を出せば……」

「わしが骨折ったさ！」と老人は言い、あきらめろと言わんばかりに手を振った。「アニシムに判決が下ってから、あいつの弁護をしてくれた先生の所へすぐ行ったんだ。ところが『もうどうしようもない、手遅れだ』と言うだろう。アニシムの奴《やつ》も、そう言うんだ。手遅れだってな。それでもわしは裁判所を出ると、すぐその足で別の弁護士の所へ行って話をつけて、手付けを置いてきた……一週間もしたらまた行ってこよう。なんとかなるかもしれない」

老人はまた無言で部屋から部屋へと歩きまわり、ワルワーラの部屋へ戻って来て言った。

「どうも体《からだ》の具合がよくない。頭が、なんだか……霧がかかったようだ。何を考えてもぼんやりしてしまう」

リーパに聞えないようにドアを閉めて、老人は小声で続けた。

「金のことがどうも気がかりなんだ。覚えてるだろう、アニシムが結婚式の前のフォマー週間（訳注　復活祭のあとの第一日曜から一週間）に新しい一ルーブリ玉や五十コペイカ玉を持って来てくれたな。あのとき一つの包みはしまっておいたんだが、あとの包みは自分の金とごっちゃにしてしまった……昔、ドミートリー・フィラートイチ伯父さんが（安らかに眠りたまえ）まだ生きていた頃の話だが、品物を仕入れに伯父さんはしょっちゅうモスクワやクリミヤへ旅行した。その伯父さんの女房というのが、亭主が商売で旅行している間に、ほかの男どもとよろしくやっていてな。で、子供は六人いたんだが、伯父さんは酔っぱらうとよく笑って言ったっけ、『どれが自分の子で、どれが他人の子か、さっぱり分らねえよ』ってな。のんきな人だったよ。今のわしがそれと同じことで、どれが本物の金で、どれが贋金《にせがね》なのか、さっぱり見当がつかない。みんな贋金じゃないかという気がしてくる」

「まあ、そんなこと言うもんじゃないわ！」

「駅で切符を買おうとして三ルーブリ出すと、それがまた贋金じゃないかと考えてしまう。わしはこわいんだよ。きっと体の具合が悪いんだ」

「仕方がないわ、みんな神様の御心《みこころ》だもの……ねえまったく……」とワルワーラは言い頭を振った。「でも、ペトローヴィチ、このことは考えておかなきゃいけないと思うんだけど……この先どんなことが起るか分らないし、あなたももう若くはないでしょう。万一のことがあった場合、あなたがいなくても孫がいやな目にあわないようにしておかないと。ああ、私、心配なのよ、ニキーフォルが苛《いじ》められるんじゃないかと思って！　父親はもういなくなったも同然だし、母親は若くてうすのろだし……ねえ、ペトローヴィチ、あの子のために地所の一つも登記しておいてやったらどうかしら、ブチョーキノ村でもいいじゃありませんか、ねえ！　考えてみて下さいな！」ワルワーラは口説き続けた。「あんなにかわいい子なのに、可哀想だわ！　あしたすぐ出掛けて行って、書類を作りなさいな。善は急げ、よ」

「ああ、孫のことを忘れていた……」と、ツィブーキンは言った。「ちょっと挨拶《あいさつ》してやらなくちゃな。じゃ、元気なんだな、赤ん坊は？　よし、よし、今に大きくなるさ。大丈夫！」

老人はドアをあけ、指を曲げてリーパを部屋に招き入れた。赤ん坊を抱いたまま、リーパは老人に近寄った。

「なあ、リーパちゃんや、何か要《い》るものがあったら言うんだよ」と、老人は言った。「食べたいものは何でもお食べ。お前が達者でさえいてくれれば、私らは物惜しみはしないから……」老人は赤ん坊に十字を切った。「そうして孫を大事にするんだよ。息子がいなくなって、この孫だけになってしまった」

涙が老人の頰《ほお》を伝って流れた。ひとしきり啜《すす》り泣いてから、老人は出て行った。そしてまもなく寝床に入り、一週間ぶりでぐっすりと寝入った。

7

老人は数日間、町へ行って来た。それは遺言状を作るために公証人の所へ行ったのであり、アクシーニヤがいま煉瓦《れんが》を焼いているブチョーキノ村を老人は孫のニキーフォルに譲ったのだということを、だれかがアクシーニヤに話した。その話をアクシーニヤが聞いたのは或る朝のことで、老人とワルワーラは玄関のそばの白樺《しらかば》の木蔭《こかげ》でお茶を飲んでいた。アクシーニヤは店の表口にも裏口にも鍵《かぎ》をかけ、自分が預かっている鍵という鍵を集めると、それを老人の足元に投げつけた。「もうあんた方のために働くのはやめたわ!」と、アクシーニヤは大声で叫び、急に泣きじゃくり始めた。「私はここの家の嫁じゃなくて女中だったのね! みんな笑ってるわ、『見ろ、ツィブーキンの家じゃいい女中を見つけたもんだ!』って。私、あんた方に雇われたおぼえはないわ! 乞食《こじき》でも浮浪者でもありませんからね。ちゃんと父親も母親もいるんですからね」

涙を拭《ふ》こうともせず、アクシーニヤは憎しみにつりあがった、涙がいっぱいの目で老人を睨《にら》みつけた。ありったけの大声を出したために、顔も頸筋《くびすじ》も真っ赤にひきつっていた。

「もう奉公はまっぴらだわ！」と、女は怒鳴りつづけた。「へとへとにくたびれちまった！　家の仕事はあるわ、一日いっぱい店番はしなきゃならないわ、毎晩ウォッカを買いに走るわ、そういうことはみんな私にやらしといて、地所をやるとなると、あの懲役人の女房やその餓鬼にくれちまうんだから！　あいつがここの女主人で、奥様で、私はあいつの女中なんだ！　なんでもかんでもあの懲役人の女房にやるがいいさ、背負《しょ》いきれないぐらいやるがいい、私は出て行きますよ！　ほかの馬鹿女を探《さが》せばいいんだ、あんた方みたいな人非人《にんぴにん》の暴君は！」

老人はそれまでに一度も子供を罵《ののし》ったり折檻《せっかん》したりしたことがなかったので、家族のだれかが自分にむかって乱暴な口をきいたり無礼な態度をとったりしようなどとは、夢にも思わなかった。で、今びっくり仰天した老人は家に駆けこみ、戸棚《とだな》の蔭に隠れてしまった。ワルワーラは驚きのあまり立ちあがることもできず、蜂《はち》でも追うような恰好《かっこう》で両手を振るだけだった。

「まあ一体どうしたの」と、ワルワーラは脅《おび》えて呟《つぶや》いた。「何をそうわめくんだろう。ねえまったく……人に聞かれるじゃないか！　もっと低い声で……もっと低い声でっていうのに！」

「懲役人の女房にブチョーキノをやっちまってさ」と、アクシーニヤはわめき続けた。「いいからなんでもやっちまうがいい。私はなんにも欲しくないよ！　あんた方なんか消えてしまえ！　みんな一つ穴のむじななんだ！　私ゃもううんざりよ、もう沢山だわ！　通りがかりの人や旅人から掠《かす》めとってさ、追剥《おいはぎ》め、年寄りや子供から掠めとってさ！　許可も受けずにウォッカを売ったのは誰だい。贋金《にせがね》は？　贋金を長持いっぱい溜《た》めこんだから、もう私なんか要《い》らなくなったんだろう！」

あけっ放しの門のまわりにはもう群衆が集まり、中庭を覗《のぞ》きこんでいた。

「みんなに見られるがいいんだ！」と、アクシーニヤは叫んだ。「私ゃあんた方に恥をかかせてやる！　顔から火が出るほど恥ずかしがるがいいさ！　私の足元に這《は》いつくばるがいいさ！　さあ、スチェパン！」アクシーニヤは耳の遠い夫を呼んだ。「今すぐ私の家に行こう！　私の両親の家へ行こう、懲役人の身内と暮したくないわ！　早く支度《したく》をして！」

中庭に張った綱に洗濯物が干してあった。アクシーニヤはまだ濡《ぬ》れている自分のスカートやブラウスを掻《か》き集め、それを耳の遠い夫の手に投げつけた。それからますます興奮して洗濯物のまわりを駆けまわり、片《かた》っ端《ぱし》から剝《は》ぎとって、自分のものでない衣類は地面に投げつけ足で踏みにじった。

「ねえ、早く止めておくれ！」とワルワーラは呻《うめ》き声をあげた。「なんてことだろう。ブチョーキノをあれにやっておくれ、後生だからやっておくれ！」

「うわあ、すげえ女だ！」と、門のあたりで村人たちが言った。「おっそろしい女だなあ！　すげえ荒れ方だなあ！」

アクシーニヤは台所へ駆けこんだが、そこではちょうど洗濯の最中だった。洗濯をしていたのはリーパ一人で、料理女は洗濯物をすすぎに川へ行っていた。かまどのそばの桶《おけ》や釜《かま》から湯気が立ちのぼり、台所の中はその湯気のために霞《かす》んで息苦しかった。床にはまだ洗ってない洗濯物が山と積まれていて、その脇《わき》のベンチの上にニキーフォルが寝かされ、小さな赤い足をばたばたさせていた。ここならば万一落ちても怪我《けが》をしないというわけである。アクシーニヤが入って来たとき、リーパはちょうどアクシーニヤの肌着《はだぎ》を洗濯物の山から引っ張り出して洗い桶に入れ、テーブルの上に置いてある熱湯の入った大きな柄杓《ひしゃく》に手をのばしたところだった……

「こっちへよこせ!」アクシーニヤは憎々しげにリーパを睨《にら》みつけ、洗い桶の中から自分の肌着を摑《つか》み出した。「ひとの肌着にさわりやがって、余計なことをするもんじゃないよ! 懲役人の女房ならそれらしく、少しは身の程《ほど》を知るがいいんだ!」

リーパはわけが分らずにぽかんとしてアクシーニヤを見たが、ふと相手が赤ん坊に投げかけた視線に気づき、たちまちその意味を悟って蒼白《そうはく》になった……

「私の地所を横取りした奴《やつ》には、こうしてくれる!」

そう言うと、アクシーニヤは熱湯の入った柄杓を摑み、ニキーフォルに熱湯を浴びせかけた。

その直後、ウクレーエヴォ村でいまだかつて一度も聞いたことのないような悲鳴が聞えたが、リーパのような小柄で弱々しい人間にそんな悲鳴があげられようとは信じられないくらいだった。そして家中が急に静かになった。アクシーニヤはいつもの無邪気な微笑を浮べ、なんにも言わずに奥へ立ち去った……耳の遠い次男は洗濯物を両手で抱《かか》えたまま暫《しばら》く中庭をうろついていたが、やがて何も言わずにのろのろと洗濯物を元の綱に掛け始めた。そして料理女が川から戻ってくるまで、だれひとり台所へ入って中の様子を見ようとする者はなかった。

8

ニキーフォルは郡会病院へ運びこまれ、日暮れ前にそこで死んだ。リーパは迎えが来るのを待とうとはせず、死んだ赤ん坊を小さな毛布にくるんで家路に着いた。

最近建てられたばかりの、窓の大きな真新しい病院は、高い丘の上にあった。夕日を浴びた病院は、まるで内部が燃えているように見えた。丘の麓《ふもと》には新開地の部落があった。リーパは坂道を下り、部落の手前の小さな池のほとりに腰を下ろした。どこかの女が馬に水を飲ませに来ていたが、馬は飲まなかった。

「一体何が気にくわないの」と、女は困って小声で言った。「何が気にくわないのよ」

赤いシャツを着た少年が水際《みぎわ》に坐り、父親の長靴を洗っていた。そのほかには、部落にも丘にも人影はなかった。

「飲まないのね……」と、馬を眺《なが》めながらリーパは言った。

だがその女と長靴を持った少年が帰ってしまうと、もう人影は全然なかった。太陽は塒《ねぐら》に入って赤紫色の錦《にしき》にくるまり、赤や藤色《ふじいろ》の細長い雲たちが空にたなびいて太陽の安眠の番をした。どことも知れぬ遠くで、夜啼《よな》き鷺《さぎ》が納屋に閉じこめられた牛のように悲しげに、うつろに啼いていた。この神秘的な鳥の叫び声は春ごとに聞かれたが、どんな鳥で、どこに住んでいるのかはだれも知らないのだった。丘の上の病院や、池のほとりの茂みや、部落のむこうや、周囲の野原では、夜鶯《うぐいす》がしきりに啼いていた。人の年齢を数えるといわれる郭公《かっこう》は絶えず数えそこない、そのたびに初めから数え直した。池では蛙《かえる》たちが腹立たしげに力いっぱい啼きかわし、「お前もか！　お前もか！」という言葉が聞き分けられるような気さえした。なんという騒がしさだろう！　この春の宵《よい》、これらの生きものたちは誰をも眠らせまいとして、あるいは腹立たしげな蛙さえも含めてすべての者に一瞬一瞬を惜しませ味わわせようとして、故意にわめきたて歌っているように思われた。なにしろ一度限りの生なのだから！

空には銀色の半月が輝き、星がたくさん出ていた。どれくらいのあいだ池のほとりに坐っていたのか、リーパがようやく立ちあがって歩き出したときには、部落はもう寝静まっていて、灯ひとつ見えなかった。家まではたぶん十二、三キロあるのだろうが、それだけの道のりを歩く力はなく、どう行けばいいのかも分らなかった。月はあるときは前方に、あるときは右手に輝き、相変らず一羽の郭公がすでに嗄《しわが》れ声で、笑いをまじえながら、やい、気をつけろ、道に迷うなよ！とでもからかうように啼いていた。リーパは足早に歩き続け、頭からはいつのまにかプラトークが落ちてしまった……空を仰いでリーパは、今頃この子の魂はどこにいるのだろうと思った。自分のうしろをついて来ているのだろうか、それともあの高い空の星のあたりを飛んでいて、母親のことなどもう忘れてしまっただろうか。ああ、なんという淋《さび》しさだろう、夜ふけの野原のまんなかで、あたりは歌声でいっぱいなのに自分は歌うこともできず、ひっきりなしの喜びの叫び声に囲まれて自分は喜ぶこともできず、空からはやはり孤独な月が見下ろしている。今が春だろうと冬だろうと、人が生きようと死のうと、そんなことには関係がない、あの月……心に悲しみがあるとき、ひとりぼっちは辛《つら》い。今そばに母親のプラスコーヴィヤか、松葉《まつば》杖《つえ》でもいてくれたら。料理女か、でなければどこかの百姓でもいい！

「ブー」と夜鳴き鷺《さぎ》が啼いた。「ブー」

と突然はっきりと人間の話し声が聞えた。」

「馬をつけろ、ヴァーヴィラ！」

行く手の道ばたに焚火《たきび》が燃えていた。もう炎はなく、燠《おき》だけが赤く光っていた。馬が草を食《は》んでいる音が聞えた。闇《やみ》の中に二台の荷馬車が見えてきた。一台は樽《たる》を積み、もう一台はやや背が低い車で、袋を積んでいた。そして二人の男。一人は馬を馬車につなごうとしており、もう一人は手をうしろに組んで、じっと焚火のそばに立っていた。荷馬車のそばで犬が唸《うな》り出した。馬を引いていたほうの男が立ちどまって言った。

「誰か道を歩いてくるみたいだ」

「シャーリク、静かにしろ！」と、もう一人の男が犬に叫んだ。

声から、そのもう一人の男は老人であることが分った。リーパは立ちどまって言った。

「御苦労さま！」

老人は近寄って来て、少し間をおいてから答えた。

「今晩は！」

「その犬、咬《か》みつかない、お爺《じい》さん？」

「大丈夫だ、お通り。何もしないから」

「私、病院に行って来たの」と、少し黙っていてからリーパは言った。「子供が病院で死んだの。今抱いて帰るとこなの」

それを聞いてぎょっとしたのだろう、老人はあとずさりし、早口にこう言った。

「それは仕方ないな。神様の思召《おぼしめ》しだ。おい、ぐずぐずするな、若いの！」と、連れにむかって老人は言った。「さっさとやれ！」

「あんたの馬の軛《くびき》がねえんだよ」と、若者は言った。「見つからねえんだ」

「しっかりしろよ、ヴァーヴィラ！」

老人が燠を一つ取上げて息を吹きかけると、老人の目と鼻だけが明るく照らし出された。軛が見つかると、老人は火をかざしてリーパに近寄り、その顔を覗《のぞ》きこんだ。老人のまなざしには同情と優しさが現われていた。

「あんたが母親か」と、老人は言った。「母親ってものは子供が可愛いもんだ」

そう言って溜息《ためいき》をつき、頭を振った。ヴァーヴィラが何かを焚火に投げつけて足で踏みにじり、するとたちまち、あたりは真っ暗になった。幻が消え、前と同じ野原と空の星だけになり、鳥たちは互いに眠りを妨げ合いながら騒いでいた。一羽の水鶏《くいな》は焚火のあったその場所で叫んでいるように思われた。

だが一分も経《た》つと、再び荷馬車も、老人も、背の高いヴァーヴィラの姿も見えてきた。道路へ引出されて来る荷馬車が軋《きし》んだ。

「お爺さんたちは聖者さま？」と、リーパが老人に尋ねた。

「ちがう。フィルサーノヴォ村の者だ」

「さっきお爺さんが私の顔を見たとき、急に胸が軽くなったのよ。あの若い人もおとなしそうでしょう。だから、きっと聖者さまだと思ったの」

「あんた遠くまで行くのかい」

「ウクレーエヴォ村まで」

「じゃ乗んなさい、クジメンキまで連れてってやろう。あんたはまっすぐ行けばいい、私らは左へ曲るからね」

ヴァーヴィラは樽《たる》を積んだ馬車に乗り、老人とリーパはもう一台の馬車に乗った。ヴァーヴィラのほうが先頭に立ち、二台の荷馬車は並足で動き始めた。

「この子は一日中苦しんだの」と、リーパが言った。「ちっちゃなお目々で私を見て、黙っていて、何か言いたそうなんだけど言えないのよ。ああ、神様、なんてことでしょう！　あんまり悲しくて、私、床に倒れたっきりだったわ。立とうとしても、すぐベッドのそばに倒れてしまうの。ねえ、お爺さん、教えて、なぜ小さな子が死ぬ前に苦しまなくちゃならないの。大人《おとな》なら、男でも女でも苦しめば罪が赦《ゆる》されるけど、罪もない子供がどうして？　なぜなの」

「そんなことは誰にも分らん！」と、老人は答えた。

半時間ほど、二人は何も言わずに乗って行った。

「なぜとか、どうしてとかいうことは、何から何まで知ってはいかんのだよ」と、老人が言った。「鳥の羽は四枚じゃなくて二枚だろう、あれは二枚でも飛べるからなのさ。それと同じで、人間もすべてを知るようにはできていない、せいぜい半分か四分の一だ。生きるのに必要なだけ知ってりゃいいんだ」

「お爺さん、私、歩いて行くほうが楽だわ。なんだか胸が震えるみたい」

「大丈夫。乗っていなさい」

老人はあくびをして、ロに十字を切った。

「大丈夫……」と老人は繰返した。「あんたの悲しみもまだまだ大したことはない。人生は長いからな。これから先いいことも悪いことも、いろんなことがある。母なるロシアは広いんだ！」と老人は言い、左右を見まわした。「私はロシア中を歩いて、ありとあらゆることを見て来たから、嘘《うそ》は言わない、信用しなさい。これから先いいことも悪いこともあるさ。私はね、歩いてシベリアにも、アムールにも、アルタイにも行ったんだ。シベリアに住みついて百姓をやったこともあるが、そのうちに母なるロシアが恋しくなってな、生れ故郷の村へ帰って来た。帰りもやっぱり歩いてさ。今でも覚えてるが、渡し舟に乗っていたときのことだ、私はがりがりに痩《や》せて、ぼろ服を着て、はだしで、寒さにがたがた震えながらパンの皮をかじっていた。するとその渡し舟に乗っていた旅の旦那《だんな》が——もし亡《な》くなったのなら安らかに眠りたまえ——気の毒そうに私を見て、涙を流してこう言った。『ああ、黒パンを食べているんだね、あんたの暮しもお先真っ暗なんだね……』村に帰り着いたときは、いわゆる素寒貧《すかんぴん》というやつでね、女房はいたけれどもシベリアに残って、あっちで骨を埋めた。そんなわけで今じゃこうして日雇い百姓の暮しさ。といったって、なあに、その後いいこともあったし、悪いこともあった。今だって死にたくはない、あと二十年がとこは生きたいな。つまり、いいことのほうが多かったということさ。なにしろ母なるロシアは広いんだ！」老人は再び左右を見まわし、うしろを振返ってみたりした。

「お爺さん」と、リーパは尋ねた。「人間が死ぬと魂はあと何日間くらい地上に残っているの」

「そんなこと、誰が知るもんかね！　ヴァーヴィラに訊《き》いてみるか。あいつは学校に行ったからな。この頃の学校じゃ、なんでも教えてくれる。ヴァーヴィラ！」と老人は呼んだ。

「なんだい！」

「ヴァーヴィラ、人間が死ぬと魂は何日ぐらい地上に残っているかね」

ヴァーヴィラは馬をとめてから答えた。

「九日だ。うちのキリーラ伯父さんが死んだときは、伯父さんの魂は十三日間うちの小屋に住んでいたよ」

「どうして分った」

「十三日間、煖炉《だんろ》の中でがたごと音がしていたから」

「そうか、分った。さあ、やれ」と、老人は言ったが、その話を全然信じていないことは明らかだった。

クジメンキの近くで馬車は街道へ曲り、リーパはそのまま歩いて行った。もう夜が明けかかっていた。谷間へ下りて行くとき、ウクレーエヴォ村の農家や教会はまだ霧に包まれていた。あたりは寒く、リーパにはさっきの郭公《かっこう》の啼《な》き声がまだ聞えるような気がした。

リーパが家に着いたとき、家畜はまだ外へ出されず、家中が寝静まっていた。リーパは入口の階段に腰を下ろして待った。最初に出て来たのは老人だった。一目見るなり事情を察した老人は、なかなか口をきくことができず唇《くちびる》をもぐもぐさせるばかりだった。

「ああ、リーパ」と、老人はやっと言った。「孫はとうとう助からなかったか……」

ワルワーラが起された。両手を打合せて激しく泣き出したワルワーラは、すぐに赤ん坊の遺体を安置する仕事にとりかかった。

「いい子だったのに……」と、ワルワーラは手を休めずに言った。「ねえまったく……たった一人の子供の命を助けられなかったなんて、あんたも馬鹿なひとだよ……」

その日の午前と夕方に供養が行われた。翌日が葬式で、葬式がすむと客たちと僧侶《そうりょ》たちは、永いこと何も食べなかったようにがつがつと、たくさん食べた。リーパは給仕をしていたが、一人の僧侶は塩漬《しおづ》けの茸《きのこ》を突き刺したフォークを持ちあげて、リーパに言った。

「赤ん坊のことを嘆きなさるな。天国は子供のものだから」

客たちが帰ったあとで、リーパは初めてニキーフォルがもういなくなったこと、これから先もずっといないのだということが、ひしひしと分り、そう分って激しく泣き出した。だが思いきり泣くためには、どの部屋へ行ったらいいのか分らなかった。子供が死んだ今、この家に自分の居場所がないこと、自分は全くの余計者であることを、はっきり感じていたのである。ほかの人たちもそのことを感じていた。

「そんなとこで何をめそめそしてるのさ」と突然アクシーニヤが戸口に現われてどなった。葬式のために新しずくめの衣裳《いしょう》を着て、顔には白粉《おしろい》をつけていた。「いい加減に静かにしてよ！」

リーパは泣きやめようとしたが、それができず、いっそう激しく泣き出した。

「聞えないの」と、アクシーニヤはわめき、腹立たしさに足を踏み鳴らした。「だれに言ってると思ってるのよ。この家から出て行きな、二度と現われるんじゃないよ、懲役人の女房め！　さあ出て行け！」

「まあ、まあ、まあ！」と老人があわてて割って入った。「アクシーニャ、静かにしなさい……」

泣くのも当り前じゃないか……子供が死んだんだから……」

「当り前じゃないか、だってさ……」と、アクシーニャは口真似《くちまね》をした。「今夜泊るのは仕方ないけど、あしたはきれいさっぱり消えるんだよ！　当り前じゃないか！……」もう一度口真似をすると、アクシーニャは大声で笑いながら店の方へ歩いて行った。

あくる朝早く、リーパはトルグーエヴォ村の母親の所へ帰った。

9

現在、店の屋根や扉《とびら》は塗りかえられて真新しく輝き、窓辺《まどべ》には以前のように明るいゼラニウムの花が咲き誇り、三年前にツィブーキン家の中庭や家の中で起った事件はすでに殆《ほとん》ど忘れられている。

家の主人はあの頃と同じくグリゴーリー・ペトローヴィチということになっているが、事実上、すべてはアクシーニャの手に移った。売ったり買ったりを行うのはアクシーニャであり、この女の承諾がなければ何一つするわけにいかない。煉瓦《れんが》工場は順調に行っている。鉄道工事のために煉瓦の需要があるので、その値段は千個二十四ルーブリにまで上った。村の女房や娘たちは煉瓦を停車場まで運んで貨車に積みこみ、その手間賃として一日に二十五コペイカずつ貰《もら》う。

アクシーニャはフルィミン家と手を組み、彼らの工場は今では「フルィミン弟商会」と呼ばれている。駅の近くには居酒屋が開かれ、もはや高価なアコーデオンが鳴るのは工場ではなくこの居酒屋でであって、そこにはこれまた何かの商売を始めた郵便局長だとか、駅長だとかがしじゅう通って来る。フルィミンの弟のほうから金時計を贈られた耳の遠いスチェパンは、絶えずそれをポケットから取出しては耳にあてる。

アクシーニヤは絶大の権力を握ったというのが、村での専《もっぱ》らの評判である。本当に、この女が朝、無邪気な微笑を浮べ、華《はな》やかに、幸福そうに馬車で自分の工場へ出掛けて行くとき、あるいはそのあと工場でいろいろ指図《さしず》しているときなど、確かに絶大の権力を握っていることが感じられる。家でも、村でも、工場でも、この女はみんなに恐れられている。この女が郵便局へ行くと、郵便局長はそそくさと立ちあがって挨拶《あいさつ》する。

「どうぞお掛け下さいまし、クセーニヤ・アブラーモヴナ」

一人の地主は伊達男《だておとこ》で、いつも薄いラシャの半外套《はんがいとう》にエナメル塗りの長靴といういでたちで、もうかなりの年配だったが、この男があるときアクシーニヤに馬を売ることになり、話に夢中になったあげく、アクシーニヤの言い値にまけてしまった。男は長いあいだアクシーニヤの手を握り、女の明るい悪戯《いたずら》っぽい無邪気な目を見つめながら、こう言った。

「クセーニヤ・アブラーモヴナ、あなたのような御婦人のためなら、なんでもお気に召すように致しますよ。ただおっしゃって下さい、二人きりでお会いするのはいつがよろしいでしょう」

「そうね、いつでも、あなたの御都合のいいときで結構よ！」

それからというもの、初老の伊達男は殆ど毎日のように店に立ち寄り、ビールを飲んで行く。そのビールは恐るべきしろもので、にがよもぎのように苦《にが》い。地主は頭を振りながら、それでも飲む。

ツィブーキン老人はもう商売に口を出さない。本物と贋金《にせがね》との区別がどうしてもできないので手許《てもと》に金を持っていないが、この自分の弱点についてはロをつぐんでだれにも話さない。ひどく忘れっぽくなり、食事を出して貰えなくても自分から催促しない。みんなも老人をまじえずに食事することに馴《な》れてしまい、ワルワーラはよくこんなふうに言う。

「うちのひとはきのうも何も食べずに寝てしまったわ」

平気な顔でそう言うのは、やはり馴れてしまったためだろう。老人は夏でも冬でもなぜか同じ外套を着て歩きまわり、ひどく暑い日だけは外出せずに家に閉じこもる。普段は外套を着て襟《えり》を立て、前を搔《か》き合せて、村の中や、駅へ通じる道をぶらついたり、教会の門の脇《わき》のベンチに朝から晩まで坐ったりしている。坐ったきり身じろぎ一つしない。通りがかりの人は挨拶するが、老人は相変らず百姓が嫌《きら》いなので返事をしない。何か尋ねられると、ちゃんと筋道の立った丁寧な、だがそっけない返事をする。

村では、老人は嫁に自分の家から追い出され、食べるものも貰《もら》えず、物乞《ものご》いで命をつないでいるという噂《うわさ》がしきりである。それを喜ぶ者もいるし、気の毒がる者もいる。

ワルワーラはますます肥《ふと》って色白になり、相変らず慈善にはげんでいるが、アクシーニヤもその邪魔はしない。今ではジャムはたくさんありすぎて新しい苺《いちご》が取れるまでに食べきれず、放っておくと砂糖が固まってしまうので、ワルワーラは処置に困って泣かんばかりである。

アニシムのことは忘れられかけている。一度だけ来た手紙は詩のかたちで書かれ、請願書ふうの大きな紙に例の達筆でしたためられていた。どうやら友人のサモロードフも一緒に懲役に送られたとみえる。詩の下には読みとりにくいへたくそな字で一行だけ書いてあった。『こちらでは病気ばかりして、つらくてたまらない、どうか助けて下さい』

　あるとき――それはよく晴れた秋の日の夕暮れ近くだった――ツィプーキン老人は教会の門のそばのベンチに腰掛けていたが、外套の襟を立てていたので、鼻と帽子の庇《ひさし》しか見えなかった。長いベンチの反対側の端《はし》には請負大工のエリザーロフが坐り、それと並んで学校の守衛のヤーコフ、年は七十前後で歯のぬけた老人がいた。松葉《まつば》杖《つえ》と守衛は世間話をしていた。

「子供は年寄りに食べさせたり飲ませたりする義務があるんだ……汝《なんじ》の父母を敬え、っていうだろう」と、ヤーコフは憤慨して言った。「それだのにあの嫁のせいで舅《しゅうと》はちぶんの家から追い出された。爺さん、飲まず食わずで、一体どうなるんだろう。もう三日も食っていないんだぜ」

「三日も！」と松葉杖は驚いて言った。

「ほら、ああやって坐ったっきり黙りこくってる。体《からだ》が弱ってるんだ。でも、なんで黙ってるんだろう。訴えてやりゃいいんだ。まさか裁判所はあの女を褒《ほ》めやしないだろうに」

「裁判所がだれを褒めたって？」と、よく聞きとれずに松葉杖が尋ねた。

「なんだと？」

「あの女はただの働き者だよ。ああいう商売じゃ、それがつきものなんだ……つまり悪事がなあ……」

「ちぶんの家からだぜ」と、ヤーコフは憤然と言いつづけた。「追い出すなら、手前の家を建ててからにしろってんだ。全く、なんてえ女がいたもんだろう！　まるで疫病神《やくびょうがみ》じゃないか！」

ツィブーキンは耳を傾けていたが、身動きもしなかった。

「自分の家だろうと他人の家だろうと、おんなしこった。あったかくて、女ががみがみ言わなきゃ結構さ……」と松葉杖は言い、笑い出した。「わしも若い頃は女房のナスターシャをずいぶん可愛がったもんだ。おとなしい女でな。それでもしょっちゅう言うんだ、『マカールイチ、家を買ってよ！　マカールイチ、家を買ってよ！　マカールイチ、馬を買ってよ！』息を引取ろうというときでさえ言うんだよ、『マカールイチ、小さな馬車を買いなさい、足で歩かなくてもすむように』だと。ところがわしは糖蜜《とうみつ》菓子を買ってやっただけだった」

「あの亭主がつんぼで間抜けなんだ」と、松葉杖の話に耳を貸さずにヤーコフは続けた。「間抜けも間抜け、まるで鵞鳥《がちょう》みたいな奴《やつ》だよ。あんな奴に何が分るもんか。頭を棒でぶん殴《なぐ》られたって鵞鳥は何も分りゃしないんだ」

松葉杖は工場へ帰ろうとして立ちあがった。ヤーコフも立ちあがり、二人は話を続けながら一緒に歩き出した。二人が五十歩ほど遠ざかると、ツィブーキン老人も立ちあがり、まるでつるつるの氷の上を歩くようにためらいがちな足どりで、二人のうしろをとぼとぼ歩き出した。

村はすでに夕闇《ゆうやみ》の中に沈み、蛇《へび》のように曲りくねった坂道の上の方にだけ日の光が当っていた。老婆たちが森から帰って来るところで、子供たちもそれにまじり、みんな茸《きのこ》の入った籠《かご》を下げていた。一団となって歩いて来る女房や娘たちは、駅で貨車に煉瓦《れんが》を積みこんできた帰りで、鼻の頭や、目の下あたりの両頬《りょうほお》には赤い煉瓦の粉がぐっついていた。女たちは歌っていた。先頭を行くリーパは、今日一日がぶじに終り、休息の時が来たことを寿《ことほ》ぐように、喜々として、甲高《かんだか》い声を張り上げ、空を仰ぎながら歌っていた。女たちの群れの中には、リーパの母親、日雇い女のプラスコーヴィヤもいて、手に包みを下げ、例によって苦しそうに息を切らしていた。「こんにちは、マカールイチ！」と、リーパが松葉杖を見つけて言った。「お爺さん、こんにちは！」

「こんにちは、リーパちゃん！」と松葉杖は嬉《うれ》しそうに言った。「蝶々《ちょうちょう》のような娘さんたちや、この金持の大工を可愛がっておくれ！　は、は！　みんないい子ばっかりだ（松葉杖は啜《すす》り泣いた）。斧《おの》みたいに大事な人たちばっかりだ」

松葉杖とヤーコフはそのまま歩いて行き、二人の話し声は暫《しばら》く聞えていた。それからツィブーキン老人が現われ、女たちは突然しんと静まりかえった。リーパとプラスコーヴィヤは少し遅れて歩いていたが、老人と擦《す》れ違うとき、リーパは丁寧にお辞儀をして言った。

「こんにちは、グリゴーリー・ペトローヴィチ！」

母親もお辞儀をした。老人は立ちどまり、何も言わずに二人の女を眺《なが》めた。その唇《くちびる》が震え、目に涙が溢《あふ》れた。リーパは母親の持っていた包みから粥《かゆ》入りの揚饅頭《ピローグ》を一切れ取出し、老人に手渡した。老人は受取って食べ始めた。

日はもう完全に沈んでいた。坂道の上の方にあたっていた日の光も消えた。あたりは暗く、肌《はだ》寒くなった。リーパとプラスコーヴィヤは先へ歩きながら、いつまでも十字を切っていた。

いいなずけ

1

もう夜の十時頃で、庭の上には満月が輝いていた。シューミン家では祖母のマルファ・ミハイロヴナの希望で行われた晩禱式《ばんとうしき》が今しがた終り、一息つきに庭へ出て来たナージャには、広間で夜食のテーブルが用意される様子や、派手な絹の服を着た祖母が忙しげに立ち働いている有様がよく見えた。本山の司祭長であるアンドレイ神父はナージャの母親のニーナ・イワーノヴナと何か話していたが、こうして窓ごしに夜のあかりの下で見る母親はなぜかたいそう若々しく見えた。二人のそばにはアンドレイ神父の息子のアンドレイ・アンドレーイチが立ち、注意深く耳を傾けていた。

庭は静かで涼しく、ひっそりとした黒い影が地面に落ちていた。どこか遠くで、たぶん町はずれだろう、非常に遠い所で蛙《かえる》の啼《な》きかわす声が聞えた。まさしく五月、いとしい五月！　深々と息を吸いこめば、ここではなくどこかの空の下、木立ちの上、遠い郊外の野原や森に、罪深く弱い人間には思いも及ばぬ春の生活が、神秘的で美しく、豊かで清らかな生活が今や繰りひろげられているのだと思いたくなる。そしてなぜか泣きたくなるのだった。

ナージャはもう二十三歳だった。十六の年から結婚のことを熱烈に空想してきたが、今とうとう窓のむこうにいるあのアンドレイ・アンドレーイチのいいなずけになった。ナージャはアンドレイが好きで、結婚式の日取りは七月七日とすでに決められていたけれども、実をいえばちっとも嬉《うれ》しくなく、夜もよく眠れず、楽しい気分はどこかへ消えてしまった……台所のある地下室の開け放した窓からは、せわしげな庖丁《ほうちょう》の音や、滑車付きのドアをあけたてする音が聞え、七面鳥を焼く匂《にお》いや酢《す》漬けの桜桃《さくらんぼ》の匂いが漂ってきた。すると、どういうわけか、こんなことが一生涯続くような気がするのだった。なんの変化もなく、果てしもなく！

だれかが家の中から出てきて、入口の石段の上で立ちどまった。それは十日ばかり前にモスクワからやって来たアレクサンドル・チモフェーイチ、通称サーシャという客だった。ずっと昔のこと、祖母の遠縁にあたる没落貴族の未亡人で、マリヤ・ペトローヴナという小柄で痩《や》せた病身の婦人が施し物を貰《もら》いによく来ていたが、この婦人にサーシャという息子がいた。なぜかこの息子はすばらしい絵描《えか》きだという評判が専《もっぱ》らであり、母親の未亡人が死ぬと、その冥福《めいふく》を祈る意味合いから、ナージャの祖母はサーシャをモスクワのコミサーロフ学校に入れた。二年ほど経《た》つと、サーシャは美術学校へ移り、そこに十五年近くもいてから、やっとのことで建築科を卒業したが、建築家にはならずに、モスクワの或る石版印刷所に勤めた。そして殆《ほとん》ど毎夏のようにこの家に現われたが、たいていはひどく体《からだ》をこわしていて休息と療養をかねて遊びに来るのだった。

今、サーシャはきちんとフロックのボタンをかけていたが、はいているズックのズボンは相当くたびれて、裾《すそ》の方はすっかり踏みつぶされていた。シャツにもアイロンがかかっていなくて、全体的になんとなく生気がなかった。ひどく痩せていて、目ばかり大きく、指は細長く、鬚《ひげ》もじゃで、色は浅黒かったが、それでもサーシャは美男子の部類に入るだろう。シューミン家の人たちとは肉親同様に親しくしていて、この家に来るとサーシャはわが家に帰ったようにくつろぐのだった。ここへ来るたびに寝起きする部屋は、もうだいぶ前からサーシャの部屋と呼ばれていた。

石段の上に立っていたサーシャは、ナージャの姿を見つけて近寄って来た。

「ここはいい家だなあ」と、サーシャは言った。

「もちろんいい家よ。秋までおいでになればいいのに」

「きっとそうなるでしょう。九月までお邪魔することになると思います」

サーシャは理由もなく笑い出し、ナージャのそばに腰を下ろした。

「今ここに坐《すわ》って、ママを眺《なが》めていたのよ」と、ナージャは言った。「ここからだと、とても若く見えるの！　そりゃあママにもいろいろ欠点はあるけど」と、少し口をつぐんでからナージャは言い足した。「でも、やっぱりすばらしい人だわ」

「そう、いい方だ……」と、サーシャはうなずいた。「お母さんはお母さんなりに、もちろん非常に善良で、やさしい方だけれども……どう言ったらいいかな。今朝早く台所を覗《のぞ》いてみたんですよ。そしたら四人の女中が床の上にじかに寝ている。ベッドはないし、ふとん代りのぼろにくるまって、いやな匂いはするし、南京虫《ナンキンむし》だの、油虫だの……二十年前と全く同じで何一つ変化していない。まあ、お祖母《ばあ》さんはああいう方だから仕方ないとしても、お母さんはフランス語も話すし、素人《しろうと》芝居にも出演する方でしょう。もう少し分ってくれてもいいと思うんだけどな」

サーシャは話をするとき、細長い指を二本、聴《き》き手の前に突き出す癖があった。

「馴《な》れないせいかな、ぼくはどうもこの家のいろんなことに馴染《なじ》めない」と、サーシャは言葉を続けた。「だって、だれもなんにもしないでしょう。お母さんは一日中どこかの妃殿下のようにぶらぶらしているだけだし、お祖母さんも何もしないし、あなたもそうだ。お婿さんのアンドレイ・アンドレーイチもやっぱり何もしていない」

ナージャは去年も、それに確か一昨年《おととし》もこんな話を聞かされ、サーシャがこんな考え方しかできないことは分っていた。そして以前ならば、こういう話は滑稽《こっけい》だったのだが、今はなぜか腹立たしくなってきた。

「かびの生《は》えたようなお話は飽き飽きだわ」と、ナージャは言って立ちあがった。「何かもっと新しいお話を考えついたらいかが」

サーシャは笑って、一緒に立ちあがり、二人は家の方へ歩き出した。背が高く、美しく、均整のとれた体つきのナージャは、今こうしてサーシャと並ぶと、たいそう健康に、華《はな》やいで見えた。そのことを感じたナージャは相手が気の毒になり、なんとなく気づまりになった。

「それにあなたは余計なことばかりおっしゃるわ」と、ナージャは言った。「今だって私のアンドレイのことをおっしゃったけど、あなたは彼のこと御存知ないでしょ」

「私のアンドレイ、か……あなたのアンドレイなんかどうでもいい！　ぼくはただ、あなたの若さが惜しくて仕方がないんですよ」

広間に入ると、もう一同は夜食の席についていた。ナージャの祖母は――この家の呼び名で言えばおばあちゃまは、たいそう肥《ふと》った醜い女で、眉《まゆ》は濃く、口髭《くちひげ》が生えていて、話し声は大きく、その声や喋《しゃべ》り方からもここの家長であることが知れた。この婦人は市場に棟《むね》つづきの店舗を数軒所有し、ほかに円柱や庭園のある古い邸宅を持っていたが、それでも毎朝、神様のお力で破産をまぬがれますようにと祈り、そのたびに涙を流すのだった。その嫁、つまりナージャの母親のニーナ・イワーノヴナは金髪で、体をぴっちりと締めつける服を着て、鼻眼鏡《パンスネ》をかけ、一本一本の指に宝石をはめていた。アンドレイ神父は歯の抜けた痩せぎすの老人で、今にも何かとても滑稽な話を始めそうな顔つきをしていた。その息子のアンドレイ・アンドレーイチ、すなわちナージャの婚約者は、よく肥えた縮れ毛の美青年で、音楽家か絵描きのように見えた。この三人は折しも催眠術の話をしていた。

「この家に一週間もいれば元気になるわ」と、おばあちゃまがサーシャにむかって言った。「ただもっとたくさん食べなさい。それにしても、なんという恰好《かっこう》なの！」おばあちゃまは溜息《ためいき》をついた。「恐ろしい姿になったものね！ それじゃまるで放蕩《ほうとう》息子の帰宅ですよ」

「父上の身代をば使いはたし」と、アンドレイ神父が目で笑いながらゆっくりと朗誦《ろうしょう》した。「呪《のろ》われし我は愚かな家畜とともに草を食《は》み……」

「ぼくは父を愛しています」と、アンドレイ・アンドレーイチは言い、父親の肩にさわった。「すばらしい老人です。善良な老人です」

一同はしんとなった。とつぜんサーシャが笑い出し、ナプキンで口をおさえた。

「では、あなたは催眠術を信じておられるわけですな」と、アンドレイ神父がニーナ・イワーノヴナに尋ねた。

「もちろん、信じていると言いきることはできませんけれど」と、きまじめな、厳《きび》しくさえ見える表情を作って、ニーナ・イワーノヴナは答えた。「でも自然界に理解できない神秘的なことがたくさんあるという事実は認めないわけにはいきませんの」

「全く同感ですが、私から一つ付け加えさせていただくならば、信仰は神秘の領域をいちじるしく狭《せば》めるものです」

大きな脂《あぶら》ぎった七面鳥が出された。アンドレイ神父とニーナ・イワーノヴナは話を続けていた。ニーナ・イワーノヴナの指の宝石がきらめき、まもなく興奮につれて目には涙が光り始めた。

「神父さまと議論する気はございませんけど」と、ニーナ・イワーノヴナは言った。「人生に未解決の謎《なぞ》がたくさんあることだけは認めていただきたいわ!」

「いや、断じて申しますが、そんなものは一つもありません」

夜食がすむと、アンドレイ・アンドレーイチがヴァイオリンを弾《ひ》き、ニーナ・イワーノヴナがピアノで伴奏をした。アンドレイは十年前に大学の文科を卒業したが、どこにも勤めず、定職を持たず、ただ時たま慈善音楽会に出演していた。そこでこの町では芸術家と呼ばれていた。

アンドレイ・アンドレーイチは演奏し、一同は黙って耳を傾けた。テーブルの上ではサモワールが微《かす》かな音を立てて滾《たぎ》り、サーシャだけが一人でお茶を飲んでいた。やがて時計が十二時を打つと、出しぬけにヴァイオリンの弦《げん》が切れた。みんな笑い出し、忙しそうに帰り支度《じたく》を始めた。

花婿を見送ってから、ナージャは自分と母親の居間がある二階へ上った(階下は祖母が使っていた)。階下の広間では灯が一つずつ消されていったが、サーシャはまだ御輿《みこし》をすえてお茶を飲んでいた。サーシャのお茶はモスクワふうにいつも長い時間をかけ、一度に七杯あまりも飲むのだった。ナージャが服をぬいでベッドに横たわってからも、階下で女中が食器を片付ける音や、おばあちゃまが小言を言っている声が永いこと聞えていた。やがてすべては静まり、ただ時おり階下の部屋からサーシャの低い咳《せき》の音が聞えた。

2

ナージャが目をさましたのは二時頃だろうか、夜明けが始まっていた。どこか遠くで夜まわりが拍子木を打っていた。もう眠くなく、やわらかな寝床に横になっているのはかえって気分がよくなかった。五月に入ってから毎晩繰返しているように、ナージャはベッドの上で半身を起してあれこれと考え始めた。だが心に浮ぶのは、アンドレイ・アンドレーイチが自分に言い寄ってきて、まもなく結婚を申しこんだこと、ナージャが承知をして、その後少しずつこの善良で聡明《そうめい》な青年の良さが分ってきたことなど、ゆうべと全く同じ単調で、なんの役にも立たぬ、執拗《しつよう》な思いだった。しかし結婚式まであと一月ほどしかない今、自分を待ち受けているのは何かはっきりしない重苦しいものであるかのような恐怖と不安を、ナージャは感じ始めていた。

「チック・トック、チック・トック……」と夜まわりがのんびり拍子木を打った。「チック・トック……」

大きな古めかしい窓から見える庭の奥では、一面に花をつけたリラの茂みが寒さにしおれ、ぼんやりと眠そうである。白い濃い霧がそっとリラに忍び寄り、花々を覆《おお》い隠そうとする。遠くの木立ちでは白嘴鳥《しろはしがらす》たちが寝ぼけた声で啼《な》いている。

「ああ、どうしてこんなに気が重いんだろう！」

もしかすると花嫁はだれでも結婚式の前にこんな気持を味わうのかもしれない。でも、そんなことがだれに分るだろう！ それともこれはサーシャの影響だろうか。しかしサーシャはもう何年も前から判で押したように同じことを繰返し、そのたびにナージャは無邪気な変った人だと思っていただけではなかったか。それにしてもサーシャのことが気になって仕方がないのはなぜだろう。なぜだろう。

もう暫《しばら》く前から夜まわりの音は聞えなくなった。窓の下や庭のあちこちでは小鳥たちが騒ぎ始め、霧は庭から消え、あたり一面は微笑に似た春の光に照らし出された。まもなく日の光に暖められ愛撫《あいぶ》された庭全体がよみがえり、露の玉がダイヤモンドのように木の葉の上で輝いた。荒れ放題の古い庭がこの朝ばかりはたいそう若々しく華《はな》やかに見えた。

おばあちゃまはもう目をさました。サーシャが耳ざわりな低い咳《せき》をし始めた。階下からサモワールを出す音や、椅子を動かす音が聞えてきた。

時間はのろのろと過ぎてゆく。ナージャはとうに起き出して、もうだいぶ前から庭を散歩しているのに、まだ朝が続いている。

炭酸水のコップを持ち、目を赤く泣きはらしたニーナ・イワーノヴナが出て来た。この母親は降霊術や同種療法《ホメオパチー》に凝っていて、たくさんの本を読み、自分が抱《いだ》いている疑惑について語ることを好んだが、そういうことすべてには深い神秘的な意味が含まれているのだと、ナージャは思っていたのだった。今ナージャは母親にキスし、並んで歩き出した。

「どうして泣いたの、ママ」と、ナージャは尋ねた。

「ゆうべ寝しなに小説を読み出したんだけど、一人の老人とその娘のことを書いた小説でね。老人はどこかに勤めていて、そこの上役がその娘を好きになるのよ。まだお終《しま》いまで読んでないけど、どうしても泣けてしまうような所があってね」と、ニーナ・イワーノヴナは言い、コップの水を一口飲んだ。「それで今朝《けさ》思い出して、また泣いてしまったのよ」

「私この頃どうも気分がすっきりしないの」と、少し黙っていてからナージャは言った。「毎晩眠れないんだけど、どうしてかしら」

「さあ、どうしてだろう。私は夜眠れないときにはね、こんなふうに目を固くつぶって、アンナ・カレーニナの歩き方や喋《しゃべ》り方を想像するわ。でなければ歴史上の出来事や、大昔のことなんかをね……」

ナージャは母親が自分を理解していないし、理解できないのだということを感じた。そんなことを感じたのは生れて初めてだったので、なんだか恐ろしくなり、どこかへ逃げ出したくなった。そこで自分の部屋へ引きあげた。

二時になると一同は昼食の席に着いた。水曜の精進日だったので、祖母には肉の入っていないボルシチと、鯿《うぐい》入りのお粥《かゆ》が出された。

祖母をからかうために、サーシャはわざと肉入りのスープと肉なしのボルシチの両方を食べていた。そして食事の間中しきりに冗談を言ったが、サーシャの冗談はいつも道徳の問題を考慮に入れるために野暮ったいものになり、おまけに冗談を言う前にひどく細長い痩《や》せた死人のような指を挙げてみせるので、ちっともおかしくなく、しかもサーシャが病身であり、ひょっとするともう永いことないかもしれないのだと思うと、聞いているほうは涙が出るほどこの青年が気の毒になってくるのだった。

昼食のあと、祖母は休息のために自分の部屋へ引きあげた。ニーナ・イワーノヴナは暫《しばら》くピアノを弾《ひ》いていたが、やがて同じように出て行った。

「ああ、かわいいナージャ」と、サーシャが食後のおきまりの話を始めた。「ぼくの言うことを聞いてくれたらなあ！　聞いてくれたらなあ！」

ナージャは古風な肘掛椅子《ひじかけいす》に深く坐って目をつぶり、サーシャは部屋の中を隅《すみ》から隅へと静かに歩きまわった。

「あなたは勉強しに出掛ければいいのに！」と、サーシャは言った。「魅力があるのは知的で清らかな人たちだけだし、そういう人たちだけが必要なんです。そういう人間が多くなればなるほど、地上に神の王国がそれだけ早く到来するんです。そうなれば、この町なんか少しずつ姿を変えて――何もかもひっくりかえり、まるで魔法のように何もかも変ってしまうんだ。そうしてここには堂々たる建物が建ち、すばらしい庭園や、見たこともないような噴水や、すぐれた人間たちが現われる……でも肝心なのはそんなことじゃない。肝心なのは、ぼくらが言う意味での群衆、つまり現在あるがままの群衆、この悪というものがその場合にはなくなってしまうということ。だって一人一人の人間が信念を持ち、一人一人の人間が何のために生きるかを知り、だれ一人として群衆に頼《たよ》ろうとはしなくなるんですからね。ねえ、かわいいナージャ、出掛けなさい！　こんな淀《よど》んだ灰色の罪深い生活なんかうんざりだということを、みんなに見せつけてやりなさい。

せめて自分自身にでも見せつけてやりなさい！」

「駄目《だめ》よ、サーシャ。私お嫁に行くんですもの」

「また、そんなことを言う！　だれのためになるんです、そんなことが」

二人は庭に出て暫《しばら》く歩いた。

「何がどうだろうと、とにかく、ナージャ、よく考えてみる必要があると思うな。このあなた方の無益な生活がどんなに不潔で、どんなに不道徳なものであるかを、よく理解しなくちゃ」と、サーシャは続けた。「いいですか、たとえば早い話が、あなたや、あなたのお母さんや、あなたのおばあちゃまが、なんにもしないとすると、それはつまり、だれかほかの人間があなた方の代りに働いているということなんだ。あなた方はだれかほかの人間の生活を奪っていることになる。これが清潔なことですか、汚らわしくないことですか」

ナージャは「そう、その通りだわ」と言いたかった。そんなことは分っていると言いたかった。だが涙があふれてきて、急にものが言えなくなり、身を縮めて自分の部屋へ帰った。

午後おそく、アンドレイ・アンドレーイチがやって来て、いつもの通り、永いことヴァイオリンを弾《ひ》いた。概してこの青年は口数が少ないほうで、ヴァイオリンが好きなのも、たぶん演奏中は口をきかずにすむからなのかもしれなかった。十時すぎに帰ろうとして外套《がいとう》を着たアンドレイは、ナージャを抱きしめて、むさぼるようにナージャの顔や肩や手にキスし始めた。

「ぼくの大事なひと、かわいいひと、美しいひと……」と、アンドレイは呟《つぶや》いた。「ああ、ぼくはなんて仕合せなんだろう！　嬉《うれ》しくて気が狂いそうだ！」

するとナージャは、その言葉は以前に、ずっと昔に聞いたことがあるような、あるいはどこかで……擦《す》り切れて、とうの昔に捨てられた小説本の中で読んだことがあるような気がしてくるのだった。

広間ではサーシャがテーブルにむかい、細長い五本の指で受け皿を支《ささ》えながらお茶を飲んでいた。おばあちゃまは独り占い《パシアンス》のカードを拡《ひろ》げ、ニーナ・イワーノヴナは本を読んでいた。燈明の火がぱちぱちと燃え、何もかもが静かに満ち足りているように見えた。ナージャはおやすみなさいと言って、自分の部屋へ上り、横になるとすぐに眠りに落ちた。だがゆうべと同じように、夜が白みそめると、もう目がさめてしまった。睡気は消え、心は落着かず重苦しかった。ベッドの上に起きあがり、頭を膝《ひざ》にくっつけて、ナージャは花婿のことや結婚式のことを考え始めた……するとなぜか頭に浮んだのは、母親が亡《な》くなった夫を愛していなかったことや、今は財産一つなく、姑《しゅうとめ》のおばあちゃまに全く頼《たよ》りきって生活していることだった。そんな母親をなぜ今の今まで何か特別なえらい人間のように思っていたのか、なぜただの平凡な不幸な女というふうに見なかったのか、いくら考えてもナージャには分らなかった。

階下のサーシャも眠れずにいるらしく、咳《せき》の音が聞えた。あのひとは無邪気な変り者よ、とナージャは思った。すばらしい庭園だとか、見たこともないような噴水だとかいうサーシャの空想には、どこかしら馬鹿らしいところがあると思う。だが、なぜかサーシャの無邪気さや馬鹿らしさにすら非常な美しさがあって、そのために、本当に勉強しにどこかへ出掛けようかなどと思っただけで、心ぜんたいが、胸ぜんたいがさわやかになり、喜ばしさが、歓喜の気持が満ちあふれてくるのである。

「でも、考えないほうがいい、考えないほうがいい……」と、ナージャは呟《つぶや》いた。「そんなことを考えちゃいけないんだわ」

「チック・トック……」と、どこか遠くで夜まわりの音が聞えた。「チック・トック……チック・トック……」

3

六月の中頃、サーシャは急にふさぎこんで、モスクワへ帰る支度《したく》を始めた。

「こんな町には住めません」と、暗い顔をしてサーシャは言った。「水道もない、下水もない！　めしを食うのも危なくてしょうがない。台所の汚《きた》なさときたら、ちょっと前代未聞《みもん》ですからね……」

「まあお待ちよ、放蕩《ほうとう》息子さん！」と、なぜか声をひそめて祖母が説得にかかった。「七日が結婚式なんだから！」

「いやです！」

「だって九月までここで暮すと言ってたじゃないの！」

「それがいやになったんです。ぼくは働かなくちゃならない！」

湿っぽくて寒い夏だった。木々は濡《ぬ》れ、庭ぜんたいも不愛想な陰鬱《いんうつ》な様子で、ほんとうに働きでもしなければやりきれなかった。一階でも二階でも、部屋という部屋では聞き馴《な》れぬ女たちの声が聞え、祖母のミシンが鳴り続けた。嫁入り支度を急いでいたのである。ナージャの持って行く毛皮外套《がいとう》は六着もあり、その中の一番安いものでも、祖母の話によれば三百ルーブリもしたという。こうした騒ぎがサーシャをいらいらさせたのだった。自分の部屋に閉じこもって一人で腹《た》を立てていたサーシャは、それでも説き伏せられて出発をのばすことになり、七月一日までは発《た》たないと約束した。

時の過ぎるのは速かった。聖ペテロの日（訳注 旧六月二十九日）の午後、アンドレイ・アンドレーイチはナージャと連れ立って、新婚夫婦のために借りて調度もすでに整っているモスクワ通りの家をもう一度見に出かけた。それは二階建ての家だったが、飾り付けがすんでいるのは差しあたって二階だけだった。寄せ木細工まがいに塗った広間の床はぴかぴかに光り、ウィーン風の椅子や、ピアノや、ヴァイオリンの譜面台があった。塗料の匂《にお》いが漂っていた。壁には金色の額縁に入れた大きな油絵がかかっていた。裸婦と、把手《とって》の折れた藤色《ふじいろ》の花瓶《かびん》。

「すばらしい絵でしょう」と、アンドレイ・アンドレーイチが言い、感嘆のあまり溜息《ためいき》をついた。

「シシマチェフスキー画伯の作品です」

その先は客間で、丸テーブルや、空色の布地を張ったソファや肘掛椅子《ひじかけいす》があった。ソファの上には、司祭帽をかぶり勲章をつけたアンドレイ神父の大きな写真がかかっていた。それから二人は食器棚《だな》のある食堂へ入り、次には寝室へ入ってみた。寝室の薄くらがりには二つのベッドが並んで置いてあり、この部屋がいつも気持よいようにとひたすら気を配ったことは一目瞭然《いちもくりょうぜん》であった。部屋部屋を案内する間、アンドレイ・アンドレーイチはずっとナージャの腰に手をまわしていたから、ナージャは自分が弱い罪深い女になったような気分で、こんな部屋部屋やベッドや肘掛椅子が憎らしく、裸婦の絵には吐気を催すのだった。もはや自分がアンドレイ・アンドレーイチを嫌《きら》いになってしまったことは明白だった。もしかすると、愛したことなど決してなかったのかもしれない。だが、それをどう言葉で言いあらわしたらいいのか、だれにむかって何のために言葉で言いあらわすのか、ナージャには見当もつかなかったし、夜となく昼となく考えても答えを見つけることはできなかった……アンドレイはナージャの腰に手をまわしながら、とてもやさしく控え目に話し続け、いかにも仕合せそうにこの自分の新居を見てまわるのだった。だがナージャはすべてのものがただの俗悪、無邪気で愚かな俗悪としか思えず、自分の腰を抱いている相手の腕は鉄の箍《たが》のように固く冷たく感じられた。そして一瞬ごとにその箍から脱け出して大声で泣きわめき、窓から身を投げてしまいたい衝動に駆られるのだった。アンドレイ・アンドレーイチはナージャを浴室へ連れて行き、壁に取りつけてあるカランに手を触れた。すると突然、水が流れ出た。

「どうです？」と、アンドレイは言い、声を立てて笑った。「屋根裏に千二百リットル入りの水槽《すいそう》を作らせたんです。これでもう水の心配はありません」

二人は庭を一まわりしてから、通りに出て馬車を拾った。埃《ほこり》が黒雲のように巻きあがり、今にも雨が降り出しそうだった。

「寒くない？」と、埃に目を細めながら、アンドレイ・アンドレーイチが尋ねた。

ナージャは黙っていた。

「覚えていますか、きのうサーシャが、ぼくがなんにもしていないと言って責めましたね」と、少し口をつぐんでいてからアンドレイは言った。「いや全く、彼の言う通りです！　彼の言うことはどこまでも正しい！　ぼくは何もしていないし、何もできないんです。ねえ、ナージャ、これはどういうわけなんでしょう。自分もいつかはおでこに記章をつけて勤めに出るのだと考えるだけで、うんざりするのはなぜなんだろう。弁護士や、ラテン語の教師や、役人なんかを見ると、なぜ不安になるんだろう。ああ、母なるロシア！　ああ、母なるロシアよ、汝《なんじ》はいまだになんと多くの怠け者や役立たずを背負っていることだろう！　ぼくのような人間をなんと大勢背負っていることだろう、苦難に満てる汝よ！」

そしてアンドレイは自分が何もしていないことを一般化し、そこに時代の徴候を見るのだった。

「結婚したら田舎《いなか》へ行って」と、アンドレイは話を続けた。「一緒に働きましょう、ナージャ！　果樹園や小川のある小さな土地を買って、労働をしながら人生を観察しましょう……ああ、そうなったらどんなにすばらしいだろう！」

アンドレイは帽子をぬいで髪を風がなぶるに任せたが、ナージャは相手の言葉を聞きながら、「ああ、家に帰りたい！　帰りたい！」と思い続けていた。家のすぐ近くで、二人の乗った馬車はアンドレイ神父を追い越した。

「あ、おやじが歩いている！」と、アンドレイ・アンドレーイチが喜んで帽子を振った。「ぼくは父が大好きなんです」と、馭者《ぎょしゃ》に金を払いながらアンドレイは言った。「立派な老人でしてね。人のいい老人です」

今晩もまた一晩中お客の相手で、むりに笑顔《えがお》を作り、ヴァイオリンを聴《き》き、つまらぬ無駄話を傾聴し、結婚式の話ばかりさせられると思うと、ナージャは腹立たしい、げんなりした気分で家に入った。祖母はまた例の派手な絹のドレスを着て、客の前ではいつもそう見えるのだが、横柄な顔でサモワールのそばに坐っていた。アンドレイ神父が狡《ずる》そうな微笑を浮べて入って来た。「相変らずお元気の御様子で、まことに喜ばしく、かつはまた忝《かたじけ》なく存じます」と、神父は祖母にむかって言ったが、それは冗談なのか本気で言っているのか判断に苦しむような口調であった。

4

風が窓や屋根を叩《たた》いていた。口笛のような音が聞え、煖炉《だんろ》の中では家の精が哀れっぽい陰気な唄《うた》を歌っていた。夜中の十二時すぎ。家ではもうみんな床に就《つ》いていたが、だれひとり眠れず、ナージャは階下で誰かがヴァイオリンを弾《ひ》いているような錯覚に捉《とら》えられていた。がたんと激しい音が聞えたのは、きっと鎧戸《よろいど》が外《はず》れたのだろう。まもなく、下着姿のニーナ・イワーノヴナが蠟燭《ろうそく》を持って入って来た。

「ナージャ、今の音はなにかしら」と、母親は尋ねた。

髪をひっつめにして弱々しい微笑を浮べた母親は、この嵐《あらし》の夜、ふだんより老《ふ》けて、醜く、背まで低くなったように見えた。つい最近まで母親はえらい人だと思っていたこと、母親の話すことに誇らしげに耳を傾けていたことを、ナージャは思い出した。だが今、母親の言葉はどうしても思い出せなかった。頭に浮ぶのは曖昧《あいまい》な無意味なことばかりだった。

煖炉では何人かの低音《バス》の合唱が涌《わ》き起り、「おおお、かみさま!」という言葉さえ聞きわけられた。「ママ、ママ」と、ナージャはベッドの上に起きあがり、突然自分の髪の毛を乱暴に摑《つか》んで泣き出した。「ねえ、ママ、教えてよ、私はどうなってしまったの! お願いだから、一生のお願いだから、私を行かせて! お願い!」

「どこへ?」と、ニーナ・イワーノヴナはわけが分らずに尋ね、ベッドに腰かけた。「行かせろって、どこへ」

ナージャは暫《しばら》く泣き続け、言葉が出て来なかった。

「この町から出て行きたいの!」と、ようやくナージャは言った。「結婚式なんてしちゃいけないのよ、もう結婚式なんてないのよ、分って! 私あの人を愛してないわ……あの人のことなんか話したくもないのよ」

「いけないわ、ナージャ、いけません」と、ニーナ・イワーノヴナはひどく驚いて早口に言った。「落着きなさい、お前、神経が乱れてるだけよ。すぐ直るわ。よくあることだからね。きっとアンドレイと喧嘩《けんか》したんでしょ。でも好いた同士は喧嘩も楽しみっていうくらいだもの」

「もうあっちへ行って、ママ、あっちへ行って!」と、ナージャはまた泣き出した。

「そうねえ」と、少し黙っていてから、ニーナ・イワーノヴナは言った。「ついこの間まで赤ちゃんだ子供だと思っていたけど、もうお嫁さんだものね。自然界では絶え間なく新陳代謝が行われているものなのよ。お前もいつのまにか母親になって、それからお婆さんになって、この私と同じようにわがまま娘を持つことになるのよ」

「ねえ、ママ、私のママは頭のいいひとでしょ、不幸なひとでしょ」と、ナージャは言った。「そうよ、ママはとっても不幸なひとなのよ。だのに、なぜそんな月並みなことばっかり言うの。ねえ、どうしてなの」

ニーナ・イワーノヴナは何か言おうとしたが、一言も言い出せず、急にしゃくりあげたかと思うと、自分の部屋へ帰って行った。煖炉の中の低音《バス》がまた唸《うな》り始め、なんだか突然恐ろしくなった。ナージャはベッドから跳《と》び起きて、急いで母の部屋へ行った。目を泣きはらしたニーナ・イワーノヴナは空色の毛布にくるまってベッドに横たわり、両手で本を持っていた。

「ママ、よく聴いて！」と、ナージャは言った。「お願いだから、よく考えて、分ってもらいたいの！　私たちの生活がどれだけ下らない恥ずかしいものであるか、分ってもらいたいの。私は目が開いたから、もうなんでもよく見えるのよ。あのアンドレイ・アンドレーイチって人、どういう人だと思う？　あの人、ちっとも頭なんかよくないじゃないの、ママ！　とんでもないわ！　ほんとよ、ママ、あの人は馬鹿よ！」

ニーナ・イワーノヴナは弾《はじ》かれたように上半身を起した。

「お前とお前のおばあさんは、あくまでも私を苦しめる気なのね！」と、しゃくりあげながら母親は言った。「私だって生きたいわよ！　生きたいわよ！」その言葉を繰返しながら、拳《こぶし》で胸を二度ほど叩いた。「私にも自由をちょうだい！　私だってまだ若いのよ、生きたいのよ、だのに、あんたたちが私をお婆さんにしてしまった！……」

さめざめと泣き出したニーナ・イワーノヴナはベッドに倒れ、体《からだ》を丸めて毛布をひっかぶった。

それはいかにも小さく、哀れで、愚かしい姿だった。ナージャは自分の部屋に帰り、服を着て窓ぎわに坐り、夜明けを待った。そして一晩中坐ったまま考えていたが、外では相変らず何者かが鎧戸《よろいど》を叩き、口笛を吹き続けていた。

朝になると、祖母が、ゆうべの風で庭のりんごがみんな落ち、古い杏《あんず》の木も一本折れたと言ってこぼした。どんよりとくすんだわびしい朝で、明りをつけたいくらいだった。みんなが寒い寒いと言い、雨は窓を叩いていた。お茶を飲み終ると、ナージャはサーシャの部屋へ行き、なんにも言わずに隅《すみ》の肘掛椅子《ひじかけいす》のそばにひざまずき、両手で顔を覆《おお》った。

「どうしたの」と、サーシャが尋ねた。

「もう駄目……」と、ナージャは言った。「どうして今までこんな所で暮していられたのか、さっぱり分らないわ！　私、自分の夫になる人も軽蔑《けいべつ》しているし、私自身も軽蔑しているし、こういう無駄で無意味な生活全体も軽蔑しているし……」

「それはまた……」と、まだ事の次第をのみこめずにサーシャは言った。「なんでもないさ、そんなことは……それでいいんじゃありませんか」

「こんな生活はほとほといやになったわ」とナージャは続けて言った。「もう一日だって我慢できない。あした、ここから出て行こうと思うの。お願いだから一緒に連れてって！」

サーシャは驚いて一瞬ナージャの顔を見たが、ようやく納得がいくと子供のように喜んだ。嬉《うれ》しさのあまり踊りでも踊るように両手を振りまわし、室内靴をかたかたいわせ始めた。

「えらい！」と、両手を擦《す》りあわせながらサーシャは言った。「そりゃ全く、すばらしい！」

一方ナージャはまばたきもせず、恋する女の大きな目で魅せられたようにサーシャを眺《なが》め、相手が何か意味深いことを、測り知れぬほど重要なことを言い出すのを今か今かと待っていた。サーシャはまだ何も言ってくれなかったが、それでもかつて知らなかった新しい広大な何ものかが目の前に開けてゆくようにナージャは感じ、すでに期待に胸をふくらませながら、死をもいとわぬ覚悟で相手を見つめるのだった。

「ぼくはあす発《た》ちますから」と、少し考えてサーシャは言った。「あなたはぼくを見送るということで駅までいらっしゃい……あなたの荷物はぼくのトランクに入れておいて、切符もぼくが買います。そして三番目のベルが鳴ったら、あなたは汽車に乗って、そのまま発ってしまう。モスクワまではぼくと一緒で、あとはペテルブルグまで一人で行けばいい。パスポートは持っている？」

「持ってるわ」

「誓って言うけれども、絶対に後悔したりするようなことはありません」と、サーシャは熱っぽく言った。「むこうへ行って、勉強をして、あとは運を天に任せるんです。生活をひっくり返せば、すべては変るんだ。肝心なのは生活をひっくり返すことで、あとのことはどうでもいいんです。じゃ、あした出発ですね」

「ええ、そうよ！　きっとよ！」

ひどく興奮して、これまでになく気が重かったから、この分では出発まであれこれ思いわずらい苦しまねばならないだろうと、ナージャは思った。だが二階の自分の部屋に入って、ベッドに横になるや否や、ナージャはたちまち眠りに落ち、泣きはらした顔にほほえみを浮べて夕方まで熟睡した。

5

だれかが辻馬車《つじばしゃ》を呼びに行った。もう帽子と外套《がいとう》をつけたナージャは、もう一度、母親の顔を眺《なが》め、自分の部屋を眺めようと二階へ上った。まだぬくみの残っているベッドのそばに立ったナージャは、自分の部屋を一わたり見まわし、それから足音を忍ばせて母親の部屋へ行った。ニーナ・イワーノヴナは眠っていて、部屋の中は静かだった。ナージャは母親にキスし、その髪の乱れを直してやり、一、二分そこに立っていた……それからゆっくりと階下へ戻った。

外は土砂降りだった。幌《ほろ》をかけた辻馬車が雨に濡《ぬ》れ、車寄せの前にとまっていた。

「二人じゃ窮屈だよ、ナージャ」と、女中がトランクを積みこみ始めたとき、祖母が言った。「こんな天気に見送るなんて酔狂だねえ！　家にいたらいいのに。どうだろう、この凄《すご》い雨！」

ナージャは何か言おうとしたが言えなかった。まもなくサーシャはナージャを馬車に乗せ、膝《ひざ》掛《か》けで足をくるんだ。そして自分も並んで坐った。

「ごきげんよう！　気をつけてね！」と、玄関から祖母が叫んだ。「サーシャ、モスクワから手紙を下さいよ！」

「分りました。さよなら、おばあちゃま！」

「マリア様があんたをお護り下さいますように！」

「それにしてもいやな天気だな！」と、サーシャは呟《つぶや》いた。

そのときナージャは急に泣き出した。祖母に行って参りますと言ったり、母親の顔を眺めたりしていたときはまだ信じられなかったのだが、今となってはこうして出発してしまうことはすでに明白な事実だった。町よ、さようなら！　そしてナージャは突然すべてを思い出した。アンドレイも、その父親も、新しい住居も、裸婦と花瓶《かびん》の絵も。それらすべてはもうナージャを脅《おど》したり悩ませたりせず、罪のないちっぽけなものとなって後へ後へと遠ざかって行くのだった。そして客車に乗りこみ、汽車が動き出したとき、あれほど大きくて深刻だった過去ぜんたいは小さな塊《かたまり》に縮まり、今まで殆《ほと》ど目につかなかった未来が大きくひろびろと展《ひら》けていった。雨は汽車の窓を叩《たた》き、見えるものは緑の野原と、すばやく飛び去る電柱と、電線にとまった小鳥たちだけだったが、ナージャは突然の喜びに息が詰りそうになった。自分はこうして自由になり、勉強をしに行くのだ。これは昔「コサックの国へ逃げる」と言われていたことと同じではないか。ナージャは笑ったり泣いたり祈ったりした。

「大丈夫！」と、サーシャは満足そうな笑顔で言った。「大丈夫です！」

6

秋が過ぎ、ついで冬が過ぎた。ナージャは早くも郷愁に沈み、毎日のように母や祖母のこと、サーシャのことを考えた。家から来る手紙はおだやかな、やさしさのこもったものばかりで、すでに何もかも許され忘れられているようだった。五月の試験がすむと、ナージャは元気いっぱいで晴々と帰省の旅に発《た》ち、途中サーシャに逢《あ》うためにモスクワへ寄った。サーシャは去年の夏と全く同じで、不精髭《ぶしょうひげ》を生《は》やし、髪はもじゃもじゃで、相変らずフロックとズックのズボンを身につけ、相変らず大きな美しい目をしていた。だが見かけはいかにも病人らしく、やつれて老《ふ》けこみ、瘦《や》せて、絶えず咳《せき》をしていた。そしてなぜか凡庸な田舎者《いなかもの》のように、ナージャには見えるのだった。

「うわあ、ナージャが来た！」と、サーシャは言い、朗らかに笑った。「なつかしいナージャ、かわいいナージャ！」

煙草の煙が立ちこめ、インクや絵具の匂《にお》いが息苦しいほどこもっている印刷所に暫《しば》く坐っていてから、二人はサーシャの部屋へ行ったが、そこも煙草の煙が立ちこめ、唾《つば》を吐《は》いた跡だらけだった。テーブルの上の冷えきったサモワールのそばには、欠けた皿と一枚の汚れた紙幣があり、テーブルにも床にも蠅《はえ》の死骸《しがい》がたくさんあった。それやこれやの様子から、サーシャがここでだらしない私生活を送っていること、住み心地の良《よ》し悪《あ》しなど全く問題にせず行き当りばったりの暮しをしていることは明らかだった。もしだれかがサーシャ個人の幸福とか、個人生活とか、サーシャへの愛情などを語ったとしても、相手は馬耳東風でただ笑い出すだけだろう。

「大丈夫だったわ、何もかもぶじにすんだの」と、ナージャは急いで話した。「秋になってから、ママがペテルブルグへ来てくれたんですけど、そのときの話だと、祖母は怒ってはいないけど、しょっちゅう私の部屋へ行って壁に十字を切っているんですって」

サーシャは明るい表情だったが、ときどき咳をし震え声で話すので、ナージャはその顔を覗《のぞ》きこむようにしたけれども、相手の具合が実際にかなり悪いのか、あるいはそう見えるだけなのか、よく分らなかった。

「ねえ、サーシャ」と、ナージャは言った。「あなた病気なんでしょう！」

「いや、大丈夫。病気だけれども、大したことはない……」

「ああ、駄目よ」と、ナージャは胸をどきどきさせながら言った。「どうして療養しないの。どうして御自分の体《からだ》を大事にしないの。ねえ、サーシャ、あなたは私には大切なひとなのよ」そう言った途端、ナージャの目に涙が溢《あふ》れ、どうしたわけか、アンドレイ・アンドレーイチや、裸婦と花瓶の絵など、今ではもう幼年時代のように遠く感じられる過去のすべてが、ナージャの記憶によみがえった。ナージャが泣いたのは、サーシャがもう去年のように新鮮で知的で魅力的な人物には見えなくなってしまったからなのだった。「ね、サーシャ、あなたの病気はずいぶん悪くなっているのよ。そんな蒼《あお》い顔色や痩せた体を直すためには、私は何をしたらいいのかしら。あなたは私の恩人ですもの！　御自分ではお分りにならないかもしれないけど、あなたは私にずいぶんいろんなことをして下さったのよ。ねえ、サーシャ！　ほんとうに今の私にとって、あなたは一番身近かな、一番親しい人なのよ」

二人は暫《しばら》く坐って話しつづけた。ナージャが一冬をペテルブルグで過してきた今、サーシャから、その言葉や微笑や姿全体から漂ってくるのは、何かすでに生命を終えた、時代おくれの、というに歌い古されたもの、恐らくはすでに墓に葬られてしまったものだった。

「あさってヴォルガへ行くんです」と、サーシャは言った。「馬乳療法をやってみようと思ってね。友人夫婦が一緒に行くんだけれども、その奥さんというのがすばらしい人なんだ。ぼくはしょっちゅうその人をけしかけて、なんとか勉強に行かせようとしているんです。生活をひっくり返さなきゃいけないってね」

暫く話をしてから、二人は停車場へ行った。サーシャはお茶やりんごをナージャに御馳走《ごちそう》した。だが、汽車が動き出し、サーシャがにこにこしながらハンカチを振ったとき、その足つきを見れば、病気がひどく重いこと、もう先が永くないことは一目瞭然《いちもくりようぜん》だった。

ちょうど正午にナージャは町へ着いた。駅から家へ馬車で行く途中、道路はたいそう広く見え、家々は小さく平たく見えた。人通りはなく、赤茶けた外套《がいとう》を着たドイツ人の調律師に逢《あ》っただけだった。家という家は一面に埃《ほこり》をかぶっているように見えた。祖母はすっかり老けこんでいたが相変らず肥《ふと》っていて醜く、両手でナージャを抱きしめると、ナージャの肩に顔を押しつけて永いこと泣きつづけ、なかなか離れようとしなかった。ニーナ・イワーノヴナもたいそう老け、器量が落ち、体ぜんたいが細くなったようだったが、相も変らず体をぴっちり締めつける服を着て、一つ一つの指に宝石を光らせていた。

「かわいいナージャ！」と、全身を震わせながら母親は言った。「かわいいナージャ！」

それから二人の女は腰を下ろし、何も言わずに泣きつづけた。明らかに祖母も母親も、過去は永遠に失われ、二度と再び返っては来ないと感じているのだった。もはや世間的な地位も、以前の声望も、自宅に客を招く権利もなかった。譬《たと》えて言うならば、こうだ。何一つ心配事のない安楽な生活のただなかへ、ある夜ふけ、警察が踏みこんで来て家宅捜索をすると、その家の主人が公金を使いこみ、贋金《にせがね》作りをしていたことが明るみに出る——そうなれば心配事のない安楽な生活ともおさらばである！

ナージャは二階へ上り、昔と同じベッドを、白い可愛いカーテンのかかった昔と同じ窓を、窓のむこうに昔と同じく日の光を一杯に浴びた陽気な騒がしい庭を見た。自分の机にさわり、椅子に坐って、ナージャは暫く考えこんだ。それからおいしい食事をとり、脂肪分の多いおいしいクリームを入れたお茶を飲んだが、何かが一つ欠けている感じで、どの部屋もがらんとして天井が低いように思えるのだった。夜になってナージャは寝床に入り、毛布にくるまったが、なぜかこの暖かくてひどく柔らかな寝床に横たわるのが滑稽《こっけい》で仕方がなかった。

ニーナ・イワーノヴナが通りがかりのように部屋に入って来て、何か悪いことでもした人のように、おずおずと、あたりを見まわしながら腰を下ろした。

「で、どうなの、ナージャ」と、少し黙っていてから母親は尋ねた。「お前、仕合せ？　とても仕合せ？」

「仕合せよ、ママ」

ニーナ・イワーノヴナは立ちあがり、ナージャと窓にむかって十字を切った。

「私はこの通り信心するようになったのよ」と、母親は言った。「この頃はね、哲学を勉強して、二六時中《にろくじちゅう》考えてばかりいるわ……それで今じゃずいぶんたくさんのことがよく分るようになった。何よりも必要なのは人生ぜんたいがプリズムを通したように見えることだと思うわ」

「ねえ、ママ、おばあさまの体の具合はどうなの」

「べつに大したことはなさそうよ。お前がサーシャと一緒に行ってしまって、そのあと電報が来たときは、電報を読むなりばったり倒れて三日間寝たっきりだったけど。そのあともしょっちゅう神様に祈ったり、泣いたりしていたわ。でも今はもうなんともないのよ」

母親は立ちあがって部屋の中を一まわりした。

「チック・トック……」と夜まわりが拍子木を打った。「チック・トック、チック・トック……」

「何よりも必要なのは人生ぜんたいがプリズムを通したように見えることなのよ」と、母親は言った。「つまり言いかえると、人生を虹《にじ》の七色のように最も単純な要素に意識の中で分解して、一つ一つの要素を別々に研究しなきゃいけないのね」

ニーナ・イワーノヴナが更に何を話し、いつ部屋から出て行ったのか、ナージャは分らなかった。まもなく眠りに落ちたので。

五月が過ぎ、六月が来た。ナージャはもう家に馴《な》れた。祖母はサモワールの世話をしながら、ときどき深い溜息《ためいき》をついた。ニーナ・イワーノヴナは毎晩、自分の哲学の話をしたが、この家では相変らず居候《いそうろう》のような存在で、二十コペイカ玉一つ使うにもいちいち祖母の許可を得なければならないのだった。家の中には蠅が多く、どの部屋の天井もますます低くなっていくように思われた。おばあちゃまとニーナ・イワーノヴナは、アンドレイ神父やアンドレイ・アンドレーイチと出逢うのが恐ろしくて通りには出ないのだった。ナージャは庭や通りを歩き、家々や灰色の塀《へい》を眺《なが》めながら、この町のすべてのものはとうの昔に古び、生命を終え、今ではすべてのものが終末を、あるいは何か若い新鮮なものの始まりを待っているのだ、と思った。ああ、その新しい明るい生活がなるべく早く来さえすれば、人は自分の運命を大胆に直視し、自分を正しい者として意識し、陽気に、自由になることができるだろう！　そのような生活は遅かれ早かれ必ずやって来る！　四人の女中が地下の不潔な一部屋で寝起きするようなしきたりに支配された祖母の家は跡形もなくなり、こんな家のことなど忘れられ、だれひとり思い出す者もないような時がきっと来るだろう。今ナージャの気を紛らせてくれるのは隣家の子供たちだけだった。ナージャが庭を散歩していると、子供たちは塀を叩《たた》いて、笑いながらナージャをからかうのだった。

「お嫁さん！　お嫁さん！」

サーシャがサラトフから手紙をよこした。いつもの踊っているような滑稽な筆蹟《ひっせき》で、ヴォルガ旅行はたいへん快適だったが、サラトフでちょっと具合が悪くなり声が出なくなったので、二週間前から入院している、と書いてあった。それが何を意味するかをナージャは悟り、確信にも似た予感に捉《とら》えられた。そしてサーシャについてのその予感や想像が昔のように自分の心を乱さないということが、ナージャは不愉快だった。今のナージャは生きること、ペテルブルグへ帰ることをひたすら考え、サーシャとの付合いはなつかしいけれども遠い遠い過去のように思われたのである！　眠れない一夜をすごしたナージャは、翌朝、窓ぎわに坐り、聴き耳を立てていた。思った通り、階下に人声が聞えた。おろおろした祖母が何か早口に尋ね始めた。それから誰かが泣き出した……ナージャが階下へ行くと、祖母は部屋の片隅《かたすみ》に立ってお祈りをしていたが、その顔は涙に濡《ぬ》れていた。テーブルの上には一通の電報があった。

祖母の泣き声を聞きながら、ナージャは永いこと部屋の中を歩きまわり、それから電報を取り上げて読んだ。きのうの朝、サラトフで、アレクサンドル・チモフェーイチ、短く言えばサーシャが結核のために亡《な》くなったという知らせだった。

祖母とニーナ・イワーノヴナは葬式を頼みに教会へ行き、ナージャはなお暫《しばら》くの間、部屋から部屋へと歩きまわって考えた。サーシャが望んだ通りに自分の生活がひっくり返されたこと、自分がここでは誰にも用のない一人ぼっちの余計者であること、また自分にとってもここのすべてのものは不要であり、過去のすべては自分から切り離され、まるで燃えつきてしまったように消え失《う》せ、灰までが風に吹き散らされてしまったことを、ナージャははっきりと意識した。そしてサーシャの部屋に入り、暫くそこに立っていた。

『さようなら、なつかしいサーシャ！』と、ナージャは心の中で言った。すると遙《はる》か前方に新しい広い果てしない生活が浮びあがり、まだ不明瞭《ふめいりょう》な、秘密に満ちたその生活はナージャを魅惑し差招いた。

ナージャは自分の部屋へ上って荷物をまとめ、あくる朝、肉親と別れて元気に朗らかに町を去った。それはナージャが思った通り、永遠の別れであった。

あとがき

チェーホフが作家として最も円熟した晩年の中編と短編を七つ、ここに集めた。この中で最も早く書かれた『中二階のある家』は一八九六年、作者が三十六歳の年に発表されたが、その翌年チェーホフは激しい喀血《かっけつ》に襲われ、以後、健康状態は徐々に悪化して、最後の短編『いいなずけ』が発表された翌年の一九〇四年にこの作家は四十四歳で死んだ。当時、結核は不治の病であったから、ここに集められた短編群を創作する間中チェーホフは絶望的な病人であったわけである。前途に希望のない療養生活と、作家としての円熟とは、どのようなかたちで繋《つな》がるのだろうか。そもそも作家としての円熟とは一体どういうことなのだろうか。或る作家にとっては円熟とは殆《ほとん》ど堕落または敗北の同義語であり、そのような作家の直線的かつ疾走的な生涯は多くの場合なんらかの強固な概念といおうか、本能と化したかのような強い理念に支《ささ》えられているものである。だがチェーホフほど本能からも理念からも遠い作家はいない。若き日のチェーホフがユーモア短編を書き始めたのは掛値ないところ生活費を稼《かせ》ぎ出すためであったし、その後「チェーホンテ」たることをやめてからも、この作家を支えていたのはいわゆる「雑階級知識人」ふうのマテリアリズムであった。マテリアリストにとって円熟とは名誉でもなければ恥辱でもなく、一つの事実、一つの過程にすぎない。喀血したあとのチェーホフは明らかに自分の円熟を意識していたようでである。『かもめ』から『桜の園』に至る四大戯曲のそれぞれの洗練の度合を見てもそのことは明《めい》瞭《りょう》であるし、『いいなずけ』の推敲《すいこう》の過程は多くのチェーホフ論において指摘される有名な話である。晩年の七、八年間、この作家は何か一つの中心点にむかって静かな収斂《しゅうれん》を続けていた。一つの中心点とは生活的次元においては明らかに迫り来る死であり、創作的次元では死の問いかけにたいする作家の側からの解答であった。だれしも死にたいしては答えなければならない。何らかの理念に突き動かされている作家ならばたぶんその理念と死とをあくまで対決させようとするだろうし、理念ももたずマテリアリストでもない人は、最悪の場合、自己破壊の方向に進むだろう。しかしチェーホフは医者であったから自分を破壊することはしなかった。もちろん作家としての、あるいは社会運動家としてのチェーホフに、必要とあらば自己を破壊するだけの勇気があったことは、あの驚くべきサハリン旅行や、その後二、三年間の難民救済運動における大活躍によって明らかである。それにしても彼自身の病気は飢饉《ききん》でもなければ流刑地でもなく、不治の刻印を捺《お》された一種の自然現象であって、明晰《めいせき》なこの作家は自然を観るように自分の近づいてくる死を観察しなければならなかった。それは死を観るように自然を観るというのと同じことである。『イオーヌイチ』の主人公は深夜の墓地で恋人を待ちながらこんなふうに考える。「……そして教会の鐘が時を告げ始め、自分が死んでここに永遠に埋められたさまを想像してみたとき、初めて、だれかにじっと見つめられているような気がして、スタルツェフは暫《しば》し考えた。これは安らぎでも静けさでもなくて、無というものの声なき哀愁、抑《おさ》えつけられた絶望なのだ……これらの墓の中には、かつて美しく魅力的で、恋をし、夜ごと愛撫《あいぶ》に身を任せ、情熱に身を焼いた婦人や少女たちが、一体何人埋められているのだろう。突きつめて考えれば、母なる自然はなんと意地悪く人間をからかうものであり、それを思うと、なんと腹立たしいことだろう！……」『谷間』にも人間の営みや生死とかかわりのないそ知らぬ顔の月が描かれている（一七九ページ）。だがこれらはただの確認であり、比較的大まかな感想にすぎない。実はチェーホフはすでに一つの鍵《かぎ》を摑《つか》んでいたのだった。その鍵とはたとえば四つの戯曲の中で極めて注意深く処理されている音響である（『三人姉妹』のマーシャとヴェルシーニンのやりとり、『桜の園』の幕切れの音響など）。短編『往診中の出来事』でも、モスクワ郊外の工場に泊った主人公は金属板を叩《たた》く時報の音を聞き、経営者と労働者の両者を支配する悪魔的な力を空想する（七五ページ）。そもそも音とは何だろうか。人間も自然も共に大気に波動を生ぜしめることができ、その須臾《しゅゆ》の波は文字通り空に消えてしまう。すなわち音は自然の微小部分であって同時に人間の部分でもあり、だがどちらにもとどまらぬうたかたのものである。うたかたであればあるだけ、それはより直接的に自然あるいは人間の本質を語らないだろうか。チェーホフが生きた十九世紀後半の自然科学はまだ人間中心主義的であったけれども、この作家は直観的にいくらか高い段階へ進んでいた。そしてこのあたりから死の問いかけへの答えも生れるのである。「……海はまだヤルタやオレアンダがなかった頃も同じ場所でざわめき、現在もざわめき、私たちがいなくなったあとも同じように無関心にざわめきつづけるだろう。その恒久不変性のなかに、私たち一人一人の生や死にたいするこの全き無関心のなかに、恐らくは私たちの永遠の救いや、地上の生活の絶え間ない移り行きや、絶え間ない向上を保証するものが隠されているに相違ない……」（『犬を連れた奥さん』）。現在の私たちは自然が恒久不変のものではないことを知っているが、だからといって「地上の生活の絶え間ない移り行きを保証するもの」が弱まったとは少しも感じられない。チェーホフの力点は別の所に置かれていた。「……悪がどんなに大きかろうと、夜はやはり静かで美しく、この世には同じように静かで美しい真実というものが現在も未来も存在するのだ。そして地上の一切のものは、月の光が夜と溶け合うように、その真実と溶け合うことをひたすら待ち望んでいるのだ……」(『谷間』)。ここにはないがどこかにある調和、今はないがいつかはある調和という考えは、この時期のチェーホフの作品をつらぬき通し、『いいなずけ』や『桜の園』において絶頂に達するのである。「ここにはないがどこかにある」ということは殆ど「遍在」に等しい。けれどもチェーホフの「遍在する調和」は神ではないし、いわんや昨今の企業や政治が称える欺瞞《きまん》的な「宥和《ゆうわ》」でもなければ「協調」でもない。チェーホフの調和という概念は死を目前に控えたこの作家の円熟の内容そのものであり、何よりもまず作家自身の作品において実現されねばならぬ一つの目標であった。チェーホフが何者の声とも知れぬ地の文において(それは紛れもなくチェーホフその人の声なのだが)「遍在する調和」を語るとき、それは多少とも詩のように、あるいは予言のように論証ぬきで語られるから、時として病者の幻想という弱々しい印象を与えかねないけれども(トーマス・マンのチェーホフ論を見よ)、作品の構造と化した調和概念が私たちに確実に伝わってくるとき、チェーホフの強さはまことに驚くべきものである。『中二階のある家』の冒頭で、主人公の画家はヴォルチャニーノワ家を初めて見て、一瞬、「幼い頃これと同じ光景を見たことがあるような気持になり、なんともいえぬ懐《なつ》かしさに恍惚《こうこつ》と」なる。物語を読み進めるうちに分ることだが、この既視感は次女のミシュスの無垢《むく》の世界に関するものであると同時に、長女リーダの救いようのない啓蒙《けいもう》主義に関するものでもある。であればこそ、結句の「ミシュス、きみはどこにいるのだろう」は世紀末のロシアの青年たちの合言葉になったのだった。このようなむしろ論理的な細部の構築と、必然の線に沿った徹底的な磨《みが》き上げと、装飾的・敷衍《ふえん》的要素の排除とは、謙虚なチェーホフの晩年の世界へ私たちを導いてくれる。それは抒情《じょじょう》でも諦《あきら》めでも「明るい未来への確信」でもない、そのような言葉よりは遙《はる》かに広々として自由な、強い力で私たちに迫って来る世界――直覚的な真実の世界なのである。

一九七〇年九月

小笠原豊樹

チェーホフ
神西清訳
桜の園・三人姉妹
急変していく現実を理解できず、華やかな昔の夢に溺れたまま没落していく貴族の哀愁を描いた「桜の園」。名作「三人姉妹」を併録。

チェーホフ
神西清訳
かもめ・ワーニャ伯父さん
恋と情事で錯綜した人間関係の織りなす日常のなかに、絶望から人を救うものは忍耐であるというテーマを展開させた「かもめ」等2編。

プーシキン
中村白葉訳
スペードの女王
三枚のカルタの秘密をめぐって展開する幻想的な怪奇譚の表題作など、近代ロシア文学の確立者として不朽の名を残す著者の短編集。

ゴールズワージー
渡辺万里訳
林檎の樹
ノーベル文学賞受賞
若き日の思い出の地を再訪した初老の男。その胸に去来するものは、花咲く林檎の樹の下で愛を誓った、神秘に満ちた乙女の面影……。

ヘッセ
高橋健二訳
春の嵐
ノーベル文学賞受賞
暴走した橇と共に、少年時代の淡い恋と健康な左足とを失った時、クーンの志は音楽に向った……。幸福の意義を求める孤独な魂の歌。

ヘッセ
高橋健二訳
デミアン
主人公シンクレールが、友人デミアンや、孤独な神秘主義者の音楽家の影響を受けて、真の自己を見出していく過程を描いた代表作。

ツルゲーネフ
神西 清 訳
はつ恋

年上の令嬢ジナイーダに生れて初めての恋をした16歳のウラジミール——深い憂愁を漂わせて語られる、青春時代の甘美な恋の追憶。

ツルゲーネフ
米川正夫訳
片恋・ファウスト

純真で情熱的で男まさりの気性なのに、妾腹の子という意識から逃れられずゆがんだ一生を送る女を描く「片恋」など、中期の佳作2編。

ソルジェニーツィン
木 村 浩 訳
イワン・デニーソヴィチの一日
ノーベル文学賞受賞

スターリン暗黒時代の悲惨な強制収容所の一日を克明に描き、世界中に衝撃を与えた小説。伝統を誇るロシア文学の復活を告げる名作。

ソルジェニーツィン
小笠原豊樹訳
ガン病棟
(全二冊)

ガンという宿命の下におかれたさまざまな人間模様——抑圧されたソヴェト社会の非人間性を告発して、世界に波紋を投じた問題作。

ゾ ラ
古賀照一訳
居酒屋

若く清純な洗濯女ジェルヴェーズは、職人と結婚し、慎ましく幸せに暮していたが……。十九世紀パリの下層階級の悲惨な生態を描く。

ゾ ラ
川口篤・古賀照一訳
ナ ナ
(全二冊)

美貌と肉体美を武器に、名士たちから巨額の金を巻きあげ破滅させる高級娼婦ナナ。第二帝政下の腐敗したフランス社会を描く傑作。

ドストエフスキー
江川卓訳
地下室の手記
極端な自意識過剰から地下に閉じこもった男の独白を通して、理性による社会改造を否定し、人間の非合理的な本性を主張する異色作。

ドストエフスキー
原卓也訳
カラマーゾフの兄弟（全三冊）
カラマーゾフの三人兄弟を中心に、十九世紀のロシア社会に生きる人間の愛憎うずまく地獄絵を描き、人間と神の問題を追究した大作。

ドストエフスキー
米川正夫訳
罪と罰（全二冊）
独自の犯罪哲学によって、高利貸の老婆を殺し財産を奪った貧しい学生ラスコーリニコフ。良心の呵責に苦しむ彼の魂の遍歴を辿る名作。

ドストエフスキー
江川卓訳
悪霊（全二冊）
無神論的革命思想を悪霊に見立て、それに憑かれた人々の破滅を実在の事件をもとに描く。文豪の、文学的思想的探究の頂点に立つ大作。

ドストエフスキー
工藤精一郎訳
死の家の記録
地獄さながらの獄内の生活、凄惨目を覆う笞刑、野獣のような状態に陥った犯罪者の心理——著者のシベリア流刑の体験と見聞の記録。

ドストエフスキー
小笠原豊樹訳
虐げられた人びと
青年貴族アリョーシャと清純な娘ナターシャの悲恋を中心に、農奴解放、ブルジョア社会へ移り変わる混乱の時代に生きた人々を描く。

トルストイ
原卓也訳
幼年時代
愛への渇望、純粋な信仰心、人生の最もみずみずしい時代を描いて、のちのトルストイ文学の特質を余すところなく伝える自伝的作品。

トルストイ
原卓也訳
少年時代
おとなたちの不合理な世界に、懐疑と苦悩を抱く少年時代――子供とおとなの中間にある不安に満ちた時期を描いた「幼年時代」の続編。

トルストイ
原卓也訳
青年時代
「幼年時代」「少年時代」とともに自伝三部作をなす本書は、若き日のトルストイの赤裸々な姿を彷彿とさせ、魂の軌跡を鮮やかに示す。

トルストイ
工藤精一郎訳
戦争と平和
（全四冊）
ナポレオンのロシア侵攻を歴史背景に、十九世紀初頭の貴族社会と民衆のありさまを生き生きと写して世界文学の最高峰をなす名作。

トルストイ
原卓也訳
人生論
人間はいかに生きるべきか？　人間を導く真理とは？　トルストイの永遠の問いをみごとに結実させた、人生についての内面的考察。

トルストイ
木村浩訳
復活
（全二冊）
青年貴族ネフリュードフと薄幸の少女カチューシャの数奇な運命の中に人間精神の復活を描き出し、当時の社会を痛烈に批判した大作。

バルザック
石井晴一訳
谷間の百合

充たされない結婚生活を送るモルソフ伯爵夫人の心に忍びこむ純真な青年フェリックスの存在。彼女は凄じい内心の葛藤に悩むが……。

アベ・プレヴォー
青柳瑞穂訳
マノン・レスコー

自分を愛した男にはさまざまな罪を重ねさせ、自らは不貞と浪費の限りを尽してもなお、汚れを知らない少女のように可憐な娼婦マノン。

スタンダール
大岡昇平訳
パルムの僧院（全二冊）

〝幸福の追求〟に生命を賭ける情熱的な青年貴族ファブリスが、愛する人の死によって僧院に入るまでの波瀾万丈の半生を描いた傑作。

デュマ・フィス
新庄嘉章訳
椿姫

椿の花を愛するゆえに〝椿姫〟と呼ばれる、上品で美しい娼婦マルグリットと、純情多感な青年アルマンとのひたむきで悲しい恋の物語。

メーテルリンク
堀口大學訳
青い鳥
ノーベル文学賞受賞

幸福の青い鳥はどこだろう？　クリスマスの前夜、妖女に言いつかって青い鳥を探しに出た兄妹、チルチルとミチルの夢と冒険の物語。

モーパッサン
新庄嘉章訳
女の一生

修道院で教育を受けた清純な娘ジャンヌを主人公に、結婚の夢破れ、最愛の息子に裏切られていく生涯を描いた自然主義小説の代表作。

ゲーテ
高橋義孝訳
若きウェルテルの悩み

ゲーテ自身の絶望的な恋の体験を作品化した書簡体小説。許婚者のいる女性ロッテを恋したウェルテルの苦悩と煩悶を描く古典的名作。

シェイクスピア
中野好夫訳
ロミオとジュリエット

仇敵同士の家に生れたロミオとジュリエット。その運命的な出会いと、永遠の愛を誓いあったのも束の間に迎えた不幸な結末。恋愛悲劇。

シェイクスピア
福田恆存訳
オセロー

イアーゴーの奸計によって、嫉妬のあまり妻を殺した武将オセローの残酷な宿命を、鋭い警句に富むせりふで描く四大悲劇中の傑作。

シェイクスピア
福田恆存訳
ハムレット

シェイクスピア悲劇の最高傑作。父王の亡霊からその死の真相を聞いたハムレットが、深い懐疑に囚われながら遂に復讐をとげる物語。

シェイクスピア
福田恆存訳
リア王

純真な末娘より、二人の姉娘の甘言を信じ、すべての権力と財産を引渡したリア王は、やがて裏切られ嵐の荒野へと放逐される……。

ディケンズ
中野好夫訳
二都物語（全二冊）

フランス革命下のパリとロンドン——燃え上がる革命の炎の中で、二つの都にくりひろげられる愛と死のドラマを活写した歴史ロマン。

メリメ
堀口大學訳
カルメン
ジプシーの群れに咲いた悪の花カルメン。荒涼たるアンダルシアに、彼女を恋したがゆえに破滅する男の悲劇を描いた表題作など6編。

ジッド
山内義雄訳
狭き門
ノーベル文学賞受賞
地上の恋を捨て天上の愛に生きるアリサ。死後、残された日記には、従弟ジェロームへの想いと神の道への苦悩が記されていた……。

ジッド
神西　清訳
田園交響楽
彼女はなぜ自殺したのか？　待ち望んでいた手術が成功して眼が見えるようになったのに。盲目の少女と牧師一家の精神の葛藤を描く。

ミュッセ
新庄嘉章訳
二人の愛人
二人の女を同時に愛せるか？　年上の二人の愛人のあいだで揺れうごく多感な青年、ヴァランタンの心情を幻想豊かに綴る珠玉の作品。

モリエール
内藤　濯訳
人間ぎらい
誠実であろうとすればするほど世間とうまく折り合えず、恋にも破れて人間ぎらいになっていく青年を、涙と笑いで描く喜劇の傑作。

カフカ
高橋義孝訳
変　身
朝、目をさますと巨大な毒虫に変っている自分を発見した男——第一次大戦後のドイツの精神的危機、新しきものの待望を託した傑作。

新潮文庫最新刊

灰谷健次郎著
ワルのぽけっと
優しさ、孤独、勇気――教室では見えない子どもたちの心の襞を、優しさに満ちた眼差しで写しとり、清新な感動を呼ぶ五編を収録。

北杜夫著
夢一夜・火星人記録
前世で契った女の突然の出産に立ち会う男の奇妙な夢体験。性的火星人を描く妖艶譚など奇想とユーモア満載のマンボウ流軽小説集。

阿川弘之著
井上成美
帝国海軍きっての知性といわれた井上成美の戦中戦後の悲劇――。「山本五十六」「米内光政」に続く、海軍提督三部作完結編！

色川武大著
引越貧乏
どうせなら、遊び人らしく野垂れ死をしたい。予感するように死を意識した日々の心情を綴って、著者独自の境地を伝える遺作短編集。

柴田錬三郎著
決闘者 宮本武蔵（上・中・下）
剣聖でもなく、野人でもなく、ただ剣において勝つことのみにその生涯を費やした兵法者。独自の視点から武蔵を造形する長編小説。

水木楊著
1999年 日本再占領
国際秩序を乱す鬼っ子、日本を経済封鎖、完全占領せよ――。数年後、日米間に現実に起こり得るシナリオを提示する画期的ミステリー。

Title : ДУШЕЧКА
ДАМА С СОБАЧКОЙ
Author : Антон П. Чехов

かわいい女《おんな》・犬《いぬ》を連《つ》れた奥《おく》さん

新潮文庫　　チ－1－3

昭和四十五年十一月三十日　発行
平成　四　年　八　月　十　五　日　三十八刷

訳者　小《お》笠《がさ》原《わら》豊《とよ》樹《き》

発行者　佐藤亮一

発行所　株式会社 新潮社

郵便番号　一六二
東京都新宿区矢来町七一
電話　営業部（〇三）三二六六―五一一一
　　　編集部（〇三）三二六六―五四四〇
振替　東京四―八〇八番

価格はカバーに表示してあります。

乱丁・落丁本は、ご面倒ですが小社読者係宛ご送付ください。送料小社負担にてお取替えいたします。

印刷・株式会社金羊社　　製本・憲専堂製本株式会社

ISBN4-10-206503-2 C0197